魔豆

魔豆

織女

VOL. 06

黑暗的呢喃

醉琉璃——著

織女 06

目錄

楔子

千百年前，曾有一名少女叫作「喜鵲」。

她並非真正的人類，而是原形如其名的精怪。她一直都在人世中勤奮地修煉，雖然不敢妄想能掙脫生老病死的枷鎖，卻也期望可以擺脫尋常鳥禽的宿命，不再受限於那短得如同一瞬的壽命。

但沒想到，就在修煉的關鍵當頭，卻被幾名閒得發慌的人類發現蹤跡，就這樣被興致勃勃的人類用彈弓擊墜了下來。

還是鳥類模樣的她墜落地面後，好幾隻手立刻探來，扯著她的羽毛，扳拗著她的翅膀，然後是比被彈弓擊中、摔落地面還要恐怖的痛楚——

有人剖開了她的肚子。

在發現她居然不若一般鳥兒奄奄一息，甚至一命嗚呼後，幾個人更是情緒高昂，以各種不同的方式凌虐著她。

精怪的身分讓她無法簡單死去，她只能被迫清醒地嘗著這些前所未有的痛。

她從來沒有像這刻般如此詛咒著自己的身分，詛咒著那些僅是因爲無聊才把她當作目標的人類。

而就在她的意識漸漸散渙的一剎那，一陣古怪的大風吹來。

大風帶走她，也隔離了那些人類慌張的大叫。

當她重新回復意識時，她發現自己安然無恙；非但如此，她的外形也褪去了鳥類的姿態，獲得了人形。

她不敢置信地摸著自己的臉，看著自己的十根手指頭，最後再摸向還保留在背後的兩隻翅膀；然後，她看見了這輩子從未見過的美麗存在。

在得知對方的名字後，她忍不住感到惶恐。

因爲那位是織女，是天帝的小女兒，是她也許永遠碰觸不到的尊貴人物。

是剛好偷溜下凡的織女帶回她、救了她，還助她突破修煉的瓶頸，一舉擺脫她的宿命。

爲了報答恩情，她自此留在織女的身邊。

然而，經過實際的相處，才知道織女的個性並不若外表完美，而是有些驕縱、有些任性，有時還會不客氣地使著性子。

可是，更多更多的，卻是掩蓋在底下的善良與體貼。

越是相處，喜鵲越是忍不住著迷在那份善良和體貼之中，無法自拔。

她緊緊跟隨著織女，稱呼織女爲「織女大人」。在對方惡作劇時幫忙掩護；在碰到有人口頭上找麻煩時，則毫不客氣地以自己的伶牙俐齒與毒舌迎擊回去。

那時，喜鵲眞的以爲日子會這樣一直持續地過下去，就算經歷悠久的歲月，也不會有太大改變。

直到織女下凡遇見了牛郎。

織女私自與那名爲「牛郎」的人類在人間成了婚，還撫育著他們的孩子。

當喜鵲從天界找來時還不敢相信，不敢相信身分高貴的織女，怎會偏偏愛上卑賤的人類。

很快地，她發現了牛郎藏起織女的羽衣，阻止她回到天界。她心中大喜，暗想那名人類果然是用了什麼方法脅迫著織女。

她馬上將那件牛郎自以爲藏得隱密的羽衣找了出來，要織女和她一同回到天界。

可她怎麼也沒想到，原來織女早就知道羽衣的下落，只是故意不點破，只爲能與她的丈夫、孩子繼續在人間生活。她並不想回到天界，也不願再被天界那份屬於她的工作綁住自由、剝奪愛情。

爲此，織女甚至還央求喜鵲，求她別將自己在人間的事洩露出去。

那是織女第一次對她提出請求。

望著那張泫然欲泣的哀傷臉龐，她怎樣都無法拒絕。

但，紙終究包不住火。

即使沒有她的通風報信，天帝還是發現了自己的小女兒竟與人類私下締結婚盟。對此，天帝大爲震怒，立即派遣兵將，不顧織女的聲聲淒喊，強行將她帶回天界，讓她與丈夫、孩子分離。

面對這樣的發展，喜鵲卻暗自感到欣喜，她一心認爲織女很快就會遺忘人間的一切。

然而，回到天界的織女天天以淚洗面，彷彿丟了心魂。

緊接著，傳來了更令人震驚的事。

明明只是一介凡人，但牛郎竟借助了金牛星的力量，披著牛皮、挑著簍筐，帶著孩子前來天界。

凡是聞此消息的人，莫不感到大吃一驚，誰也沒想到尋常凡人竟有決心做到如此地步。

而獲知消息的織女，更是闖過那些看守她的兵將，一心只想前去與牛郎會面。

眼見事態發展超出預料，原本按兵不動的西王母終是出手了。她拔下髮簪，往空中一劃，造出銀河，橫越牛郎與織女之間，使他們雖見到了面，卻苦苦無法相聚。

面對團聚的希望破滅，織女絕望不已，淚水化成血淚，淒絕的哭聲令聞者不由得心酸。

難忍織女傷心欲絕，喜鵲顧不得自己的行爲是否會招致懲罰，她變回了原形，用一己之力幻化出無數鳥形姿態的分身，在銀河上搭起一座鵲橋，讓分隔兩地的織女、牛郎終能聚首。

目睹此景的天帝與西王母亦不忍再逼迫，以條件交換，織女須彌補先前荒廢工作所帶來的後果，並更加勤奮地消滅潛伏在人世的妖怪。如此，他們即可一同待在天界，不用再分離。

於是歷經人間朝代更迭、物轉星移，時間終於來到千百年後的二十一世紀。

千百年後，一切彷彿沒有多大改變，喜鵲仍然陪在織女身旁，稱呼織女為「織女大人」。在對方惡作劇時幫忙掩護；在碰到有人口頭上找麻煩時，則是毫不客氣地以自己的伶牙俐齒和毒舌迎擊回去。

她們來到潭雅市，遇見了許許多多的人，發生了許許多多的事。

但事實上，仍舊有什麼改變了。

織女早已不是原先完美的外貌，與牛郎的結合使她神力逐漸衰退，在人間僅能以孩童模樣示人。

而知悉來龍去脈的喜鵲，則是不斷加深對牛郎的怨恨，不斷懊悔自己當初為何要幫忙。

在沒人察覺的情況下，喜鵲的心智越來越偏激。她暗中撕毀牛郎給織女的回信，煽起織女對牛郎的不信任，終究讓事情的發展徹底失控。

最後——

曾有一名少女叫作「喜鵲」，她並不是真正的人類，而是人如其名的精怪。

她將救回她性命的織女視作天。

最後，她為了保護織女，遭黑暗完全吞噬……

第一針

一掃前幾日的陰雨綿綿，今天的天氣可說好得過分。明亮熾熱的陽光毫不吝嗇地灑了下來，照在利英高中的每個角落，同時也包括了多班學生正在上體育課的操場。

相較於其他課程，能夠在戶外活動的體育課向來大受學生喜愛，只不過這必須先建立在「沒有測驗」的這項前提上。

對比其他班級的喧鬧和嬉笑，下午第一節課要舉行耐力跑測驗的一年六班的學生們，顯然笑不出來。尤其是平常少運動的女孩子，在得知要跑滿八圈操場才算及格，幾乎個個臉色大變，神情緊張又不安。

而舉行完測驗的男孩子們，有些人興致勃勃地留在跑道邊觀看，不時對外貌搶眼的女孩品頭論足；有些則在獲得體育老師的允許下，跑去攻佔另一邊的籃球場；但也有少數人選了個陽光照不到的位置偷閒。

其中，靠近司令台後方的一棵大樹下，有個少年隻身一人坐在那兒。他沒有參與體育活動，也不像其他人三三兩兩聚在一塊，他的落單在操場上顯得格外突兀，彷彿自成一個世界。

即使如此，也不見有哪個學生願意靠近。就連不時會喝斥偷懶學生的體育老師，也像特意跳過了那個角落。

眾人會有這樣的反應，不是沒有原因。

因為那名頂著一頭可說是張狂顯目白髮的少年，在利英裡幾乎是無人不曉的危險人物，惡名昭彰的不良少年。即使他本人沒有任何表示，但無形中卻已成爲公認的一年級老大。

雖然他平常已經讓人不敢親近，但今天不知爲何，周身更是環繞著令人望之生畏的凶戾和陰鬱氛圍。

於是，不想招惹麻煩的人，都知道這時最好與這名心情明顯不佳的白髮少年保持距離。

可是，也有例外的——

「啊！宮一刻，你居然躲在這裡偷懶？怪不得我一直找不到你！」一道活潑悅耳的年輕女聲忽地響起。

原本正閉目假寐的白髮少年，反射性睜開眼，銳利的目光迅速往身邊掃去。但不管他左看右看，就是沒瞧見說話的人影，心裡納悶之餘，不經意地一仰頭，頓時一聲髒話從他嘴裡爆發出來。

「幹幹幹！」一刻嚇得跳起，他壓根沒想到樹上會攀著一個人，還是一名甜美可愛的鬈髮女孩，「蔚可可，妳他媽的是吃飽太閒嗎？」

「欸？太過分了啦，爲什麼你每次都嚇得像是見鬼了？人家明明那麼可愛！」蔚可可氣惱地瞪圓眼睛，那雙大大的黑眸搭配上可愛的臉蛋，給人的感覺像是隻小動物。

面對蔚可可不平的控訴，一刻乾脆翻了個白眼，「那妳就不要每次都像鬼一樣冒出來。」

「什麼嘛，是你自己沒注意到我靠近的。」蔚可可靈活地從樹上跳下，拍拍身上湖水色的體育服，以防留下什麼髒污。

在清一色穿著紅上衣、黑長褲的女孩中，她這身穿著可說是異常顯眼。

那是因爲這名外貌甜美、在一年六班中也擁有不少人氣的女孩，其實是來自湖水鎮湖水高中的交換學生；除此之外，她和一刻同樣都是獲得了神力的神使，具備著能夠消滅名爲「瘴」的妖怪的力量。

「吵死人了，沒事幹不會再去跑操場十圈？」一刻不耐煩地揮揮手，要她別來纏著自己。隨後他又坐回樹下，閉起雙眼，擺明想繼續利用這節課睡他的午覺。

蔚可可不是沒感覺到對方比平常更加不耐煩，也知道他爲什麼暗自心煩，但她現在就是希望能稍微轉移對方的注意力。

於是她趕緊一把抓住一刻的手臂，「宮一刻，等一下、等一下啦！人家都還沒把話說完！宮一刻，你好歹聽一下嘛！」

「我操！妳是非得要吵得人不能睡才甘心嗎？」一刻被吵得受不了，不悅地重新睜開眼。他抽回自己的手臂，飽含殺氣的眼神，清楚透露出「有話快說、有屁快放、老子要睡覺」的氣勢。

假使是其他人見到一刻這般嚇人的猙獰目光，早就刷白了臉，更遑論將話說清楚。

但已摸清一刻性子、也和他認識一段時間的蔚可可哪可能分不出他是不是眞的生氣，見一刻願意聽她說話，她立刻眉開眼笑，跟著在他身旁一屁股坐下。

「所以是什麼事？」一刻睨了蔚可可一眼，沒好氣地問。不是他故意態度不好，實在是這個天兵又少根筋的丫頭總會冒出一堆無厘頭的問題，「慢著，妳耐力跑是跑完了沒？」

「跑完了，早就跑完了，我可是我們那組的第一名唷。」雖然不知道一刻怎會忽然問起這個，蔚可可還是照實回答，在提及自己的成績時，還忍不住得意了一把，「宮一刻，你問這幹嘛？這樣好像我媽在管東管西的耶。」

「跟妳媽沒關係，不過，和某人的老哥有關。有個叫蔚商白的傢伙要我盯一下某人，以免她上課摸魚或是偷看小說被抓包。」一刻很滿意地瞧見蔚可可的俏臉變得像是名畫「孟克的吶喊」，末了，他咧出一口白牙，笑容令人想到鯊魚。

蔚可可捧著臉，幾乎想哀叫出聲。她天不怕地不怕，最怕的就是她家老哥！

和她一樣，以交換學生身分來到利英就讀的蔚商白，個性上嚴以律己、嚴以待人，在原本的學校還是手段雷厲風行的糾察隊大隊長。而這種性格的他，卻和一刻成了好友，交情好到連一刻的青梅竹馬都曾忍不住嫉妒。

不過對蔚可可而言，自家老哥能交到朋友是件好事，畢竟他在湖水高中可說是嚴厲到令其他學生望之生畏。

只是，當她哥的這位好友偶爾打點小報告的時候，這事就不怎麼有趣了。

救命！她哥已經夠像牢頭了，現在連宮一刻都要變成牢頭二號嗎？

看著蔚可可花容失色地發出無聲的哀叫，一刻聳聳肩，不打算解釋他只是隨口嚇嚇她，他又不是眞的吃飽那麼閒。

抓過自己帶來操場的礦泉水，一刻仰頭灌了幾口，見蔚可可依舊陷入莫名的恐慌中，他受不了地推推她。

「蔚可可、蔚可可，喂！」

「不是喂，是蔚可可啦！」蔚可可回神抗議，臉頰還氣惱地鼓起。

「隨便啦，妳到底要跟我說什麼事？」一刻才懶得管是「喂」還是「蔚」，他沒興趣再陪她浪費時間了，「十秒給妳，不說就滾到旁邊去。」

說完，也不管蔚可可一臉糾結，思索著要怎麼把事情在十秒內交代完整，一刻繼續抓起礦泉水喝著。

蔚可可覺得自己陷入了難題，她本來特地準備了一大段開場白，甚至怕會解釋得不夠清楚，還想了該怎麼鋪陳事情，只不過這些現在通通派不上用場了。

最後，蔚可可似乎下了什麼決定，她深吸一口氣，在僅剩的三秒內愼重地開口說道：

「其實……我好像被跟蹤狂纏上了。」

「噗咳！」

作夢也沒想到會聽見這句話，一刻頓時被還來不及嚥下的水給嗆到。他痛苦地摀著嘴咳嗽，連眼淚都差點流下。好不容易稍微緩口氣，他用手背擦去嘴角的水漬，雙眼瞠大，不敢置信地瞪著口出驚人之語的鬈髮女孩。

喂喂喂！他剛是幻聽吧？他怎麼可能會聽見「跟蹤狂」這三個字？

「等一下！你的表情寫著你在想很失禮的事！你一定是想說怎麼可能會有跟蹤狂纏上我？要纏也是纏像小染那樣有氣質的女孩子，對不對？」蔚可可氣急敗壞地大叫，看起來像是想撲上去用力揪住一刻的領子，「過分、超級過分，你跟我哥居然是一樣的反應！」

「哇咧，原來蔚商白也是……夠了！蔚可可妳敢撲過來，我就把妳扔出去！」一刻不客氣地警告，凶惡的眼神顯示出他不是在開玩笑。

待蔚可可氣鼓鼓地蹲回去，用力拔著地面的雜草出氣，一刻才修正了她剛剛的說法，「我要想也只是想一半而已，雖然我很懷疑跟蹤狂的眼光，不過蘇染那傢伙絕絕對對不會被跟蹤狂纏上的！」

「哎？爲什麼？爲什麼？小染是美女耶，還是個混血美女耶！」聽到一刻斬釘截鐵地這麼說，蔚可可登時忘了原先的惱怒，她忙不迭地好奇追問，一邊學著一刻往操場中央的草地望去。

草地上，聚集著還在排隊等待接受耐力跑測驗的女學生們。在十幾個人之中，有個綁著細長髮辮的少女特別引人注目。她一身清冷的氣質，即使戴著粗框眼鏡，也掩不住那張白皙清麗的容貌。

如果眼力夠好，再仔細一觀，便會發現長辮少女的眼珠赫然是淺淡的藍色。

那雙異於東方人的藍眼珠，無疑說明了她混血兒的身分。

那名少女，正是一刻口中的「蘇染」，蔚可可口中的「小染」。

她既是一刻自幼稚園就認識的青梅竹馬，也是一年六班的班長，在校成績優異，是名品學兼優的優等生；同時和一刻、蔚可可一樣，亦是擁有神力的神使之一。

似乎是發現到一刻的注視，蘇染側過臉，朝他露出淺淺一笑。

一刻舉了下手當作招呼，等到蘇染移開視線，他語氣沉痛地說：「別傻了，蘇染怎麼可能被跟蹤狂纏上？她的跟蹤技巧等級他媽的都比跟蹤狂還高了！」

蔚可可啞然，她望著蘇染，想起她幾乎是「無所不知」的代名詞，想起她的「無所不知」百分之九十八都用在一刻身上，身邊還帶著一本隨時更新一刻資料的神祕黑色小冊子——說是神祕，因爲除了蘇染和她的孿生弟弟蘇冉外，沒人瞧過內容。

然後，蔚可可接著嚴肅地點點頭，完全無法否認一刻的話，她甚至還拍了拍一刻的肩膀。

「宮一刻。」她說，「愛你愛到跟蹤你，小染眞的很愛你耶。」

「屁啦，這份愛的方向完全錯誤了吧。」一刻一把打掉蔚可可的手，「蘇染和蘇冉只是從小學起跟蹤我習慣了，一時改不過來，哪是妳說的愛。喂，所以跟蹤狂的事是怎樣？如果照妳說的，那跟蹤狂豈不是愛死妳了？」

「噫！我才不要！」蔚可可立即大力搖頭，暫時將剛聽到的驚人情報拋到腦後。她抱著手臂，驚悚地哆嗦了一下，「那不一樣，完全不一樣。被一個根本不知道是誰的陌生人跟蹤，討厭死了啊！比見到用流出腦漿的頭走路的鬼還討厭……不不不，兩個一樣討厭！」

「……妳舉的例子具體到我都不知要說什麼了。」一刻耙著白髮。從蔚可可的反應來看，「有跟蹤狂纏上她」這件事，並不是在說謊。

不過老實說，一刻到現在還是不太能相信。

「妳哥呢？蔚商白對這事怎麼說？」他不禁好奇起蔚商白的反應。

「我哥嗎？他一開始很豬頭地和你同樣的反應，不對，是更過分！」提及兄長當初的態度，蔚可可忍不住氣憤地揮舞著手臂，「還叫我書多唸，白日夢少作。唔哇，這眞的是當人哥哥的態度嗎？太沒同情心了！」

一刻得說，蔚商白的態度還眞是一如往常，不客氣得可以。

「不過，當我把收到的簡訊拿給他看時，他的表情就變得有點嚇人了。他看簡訊的表情，大概……」蔚可可思索了一下，靈機一動地一擊掌，「啊，大概就像他在值勤時看到有人儀容不整還想蹺課差不多！」

「靠，這什麼爛比喻……但我居然還聽得懂。」一刻咋了下舌，隨即表情也嚴肅起來，「妳說對方還寄簡訊給妳？他爲什麼會有妳的手機號碼？不，慢著，妳先把事情從頭講清楚，跟蹤狂的事，是什麼時候開始的？」

「其實我也不是很確定，不過就在前幾天……」蔚可可壓低聲音，小聲地對一刻交代起數天前發生在自己身上的事。

當時是放學時間，她難得沒和兄長一起行動。也就是在那時，她敏感地發覺身後好像有人跟著她，原本以爲是錯覺，可是這種感覺在接下來的幾天卻是越來越明顯。

其中一次，她還眞的撞見巷口轉角有人影匆匆地縮回，但等她追上去，卻已找不到那人的行蹤。

蔚可可再怎麼膽大包天，也只是一名女孩子，一想到自己單獨行動時有不明人士尾隨在後，她不禁起了一身的雞皮疙瘩。

但她更沒想到，對方竟然在前天採取了更進一步的動作——

對方發了簡訊給她。

「來電顯示沒有號碼，簡訊內容則是一些我喜歡妳、我想念妳……哇，連說出來都覺得討厭。」蔚可可皺緊可愛的臉蛋，她摸出口袋裡的銀白手機，用力塞給一刻，「你自己點開來看吧，最近收到的幾封都是，看完替我殺掉。要不是爲了留給你看，我才不想讓那種東西留在我的手機裡啊。」

「如果之後要當證據，這些東西就都不能殺。」一刻冷靜地說。

「嗚，連你都跟我哥說一樣的話……」蔚可可哭喪著臉，沮喪地垮下肩膀。

無視蔚可可的嘟囔，一刻點開了這支銀白手機的收件匣。

當資料夾一開啓，躍入眼內的是一排沒有寄件人姓名的訊息。

一刻大略地查看著數量，臉色慢慢沉了下來。

蔚可可說自己最先收到對方簡訊是在前天，從日期來看，的確也是如此。然而才短短三天，對方傳來的簡訊數量就已超過二十封。

「幹，他未免也發得太勤快了……」一刻彈著舌頭，接著逐一將這些簡訊點開來看，越看他眉頭就皺得越緊。

主旨：一個愛慕者

簡訊內容：自從第一眼看到妳，我就忍不住喜歡上妳。我喜歡妳燦爛的笑容，那彷彿可以給人帶來無限精神與歡樂。我知道這麼做有些冒昧，我並不期望得到妳的回應，請讓我默默地在心底愛慕妳，這樣我就心滿意足了。

主旨：一件讓人無比開心的事

簡訊內容：今天我和妳的視線對上了許多次，雖然妳沒有開口，但我明白那些妳想告訴我的話。如果旁邊沒有其他人在場，我真想緊緊擁抱住妳，讓大家知道我們的感情多麼地甜蜜。即使當下我無法那麼做，但妳對我投來的眼神和微笑，已令我開心了一整天。

主旨：依然想妳

簡訊內容：無法陪妳一起回家，這讓我覺得很難過。雖然妳身邊還有妳的兄長在，顯然不須擔心安全，可是我仍舊希望能親自與妳一起。不過我也知道，妳暫時還想對妳的兄長保密我倆之間的關係，妳害怕我遭受他的責難。我會努力讓這份難過的心情趕緊平復下來，我會想著妳甜美的臉蛋入夢，親愛的，我依然很想妳。

當一刻全部瀏覽完畢後，他的臉色整個鐵青了。

蔚可可不單是被跟蹤狂纏上——還是精神可能有問題的跟蹤狂！

頭幾封簡訊還只是抒發他對蔚可可的愛慕之情，接下來內容漸漸變調，言詞越來越熱烈，完全已認定他們開始交往，是一對備受他人稱羨的情侶。

假使不是顧及之後可能成爲派得上用場的證據，一刻還眞想反射性刪除這些令人不舒服的簡訊。

「這傢伙根本是有病！沒考慮報警嗎？」一刻將小巧的手機闔上，遞還給蔚可可。

「這些應該還當不成什麼有力的證據，而且……」蔚可可不知想到了什麼而苦著臉，她正準備接過手機，一隻屬於第三人的手臂卻突然無預警自兩人身旁伸出。

目標赫然是蔚可可的手機！

乍見不屬於兩人的第三隻手，一刻和蔚可可都是一驚。

沒有多想，神使的身分讓他們訓練出敏銳的神經，兩人迅速地揮開了那隻手。

如果不是一手還抓著手機，一刻更可能會粗暴地將那隻手臂使勁扭起。

似乎沒想到會遭到如此反擊，手臂的主人不由得慘呼一聲。

「好痛！」

「這、這聲音……」蔚可可揮出的手僵在半空中，她嚥下口水，心驚膽跳地抬起頭，一望見對方的臉孔，她慌張地蹦跳起來，「哇！哇！阿然老師，怎麼是你!?」

一刻抓著手機也站起身子，銳利的雙眸直視面前比自己高一個頭的年輕男子。

被稱作「阿然老師」的男子外貌斯文，金框眼鏡使他看起來彬彬有禮，休閒風的襯衫搭上菱紋背心，更是替他增添了一絲學院氣息。

「我剛好有事要找十二班班長……」男子摀著手腕，露出苦笑地指了指在操場另一端上課的班級，「碰巧看見你們在這……可可、一刻，體育課不是規定不能帶手機嗎？」

「呃，那個、這個……對不起，是我偷偷帶出來的！」蔚可可雙手合十，可憐兮兮地求情：「阿然老師，這次能不能就放過我？拜託啦，求求你啦！」

「妳喔……沒辦法，下不爲例。等一下偷偷藏好，不要讓你們的體育老師看到，否則我也沒辦法了。」男子嘆氣地搖搖頭，伸手揉了揉蔚可可的頭髮，「你們繼續上課吧，我先去十二班那了。啊！這個請你們，別被其他人知道。」

「是抹茶口味的牛奶糖！」見男子從口袋內掏出自己喜歡的糖果，蔚可可當下亮了一雙眼睛。

一刻則是注意到有東西從男子的口袋一併滑出。他彎腰撿起，發現是個粉紅色的護身符，上頭還用紅線繡了三個字——愛情符。

愛情符？這又是什麼玩意？一刻心裡納悶，但也沒多問，直接把東西交還給對方。

倒是男子立刻變得有些慌亂，斯文的面孔上更是浮起尷尬的紅暈。他連忙將粉紅色的護身符塞回口袋，像是怕被人多看一眼。

「來不及了，阿然老師，我已經看到了。」蔚可可露出賊兮兮的笑，圓亮的眸子滴溜溜地轉，「這可是最近流行的愛情符呢！原來老師和其他人一樣，也帶著這個嗎？呼呼，那就表示阿然老師你有喜……」

「等、等一下！可可，妳就饒了我吧……」男子緊張地打斷蔚可可的話，一張臉漲得通紅，「這事妳可別說出去，我和對方現在正在重要關頭……總之……總之……妳就幫我保密吧。」

「我不會說出去的啦，阿然老師你放心好了。」被對方緊張萬分的態度逗笑，蔚可可笑咪咪地說，還特地擺出發誓的手勢，「不然那些喜歡你的女生一定會心碎的。哇，我都可以想像我們班的女生會難過成什麼樣子了。」

「又說這些話……大家應該只是覺得我年紀輕，比較好親近吧？」男子失笑道。蔚可可的保證讓他安心了不少，不過他還是有絲遲疑地望了沉默不語的一刻一眼。他也聽聞過一刻不少「豐功偉業」，少有老師知道這名白髮少年究竟在想些什麼。

「宮一刻也不會說的，老師你真的可以放一百二十個心啦。」蔚可可雙手扠腰地站到一刻身前，挺胸對男子說道。見對方似乎還有猶豫，她乾脆一把推著他的肩膀，「真的、真的，阿然老師你快去做你的事，被其他女生看到，她們馬上會圍過來的唷！」

「可可，妳別推我……我沒有不相信，還有妳的班遊回條記得要……」男子突然停下腳步，他像是感覺到什麼，困惑地東張西望，隨後訝異地喃喃，「奇怪，剛剛……怎麼覺得好像有人在瞪我？」

蔚可可耳尖，將這番話聽得一清二楚，她睜大眼睛，飛快地望向一刻。

從一刻繃緊的表情來看，就知道他也聽見了。

一瞬間，兩人心底不約而同都浮上了相同的猜測。

用最快速度支開年輕的男教師後，蔚可可藏不住話，馬上向一刻做確認，「宮一刻、宮一刻，你有聽見吧？」

「聽見了。」一刻點頭，皺緊的眉未曾鬆開，「說不定，那個跟蹤妳的傢伙……」

「哇啊，我不要啦！」蔚可可抱頭蹲下哀叫，「如果是我們學校的人，我美好的玫瑰色校園生活怎麼辦？人家才不要連上學都要提心吊膽的！」

「只是說不定，也許只是那個男的自己太敏感。」一刻抓了下頭髮也蹲下來，「我剛就沒感覺到什麼奇怪的視線。」

「眞的？」蔚可可抬起臉，淚眼汪汪的大眼睛加上小巧的臉蛋，看起來更像惹人憐愛的小動物。

雖然個性脫線又天兵，但蔚可可的外表確實歸類在一刻認知的「可愛」範圍裡。

而一刻這個人，就算眼神凶惡、氣勢嚇人，但他對可愛的人事物一向缺乏抵抗力，更不用說忍心棄之不管了。

「真的，騙妳的話妳哥是小狗。」一刻揉揉對方那頭柔軟鬈翹的髮絲，「還是先報警，不行的話再想其他辦法解決？」

「不行報警，絕對不行。」總覺得一刻的前半句話好像哪裡不對勁，又好像很正常，不過一聽見「報警」這兩個字，蔚可可立即大力搖頭，還在胸前比了個「X」的手勢，表示此法真的不行。「萬一被我爸媽知道，他們一定會叫我們趕緊結束交換學生的生活，提早回湖水鎮。不要、不要，我跟我哥都還想再多待一陣子。而且你剛也說了，跟蹤狂又不一定真的在學校裡，也許只是阿然老師太敏感了嘛！」

聞言，一刻若有所思地陷入沉默，抿著嘴，皺眉不說話。

覺得他在思考大事的蔚可可一時也不敢叫他，她蹲在一旁，眼巴巴地等著他再次開口。

終於，一刻神情嚴肅地說了，「蔚可可。」

「有！」

「所以剛剛那個跟我們說話的男的……到底是誰？」

蔚可可睜大眼、蔚可可張大嘴、蔚可可不敢置信地跳了起來。

「不會吧？不會吧？你居然問我這個問題？你剛的表情只是裝嚴肅嗎!?」鬈髮女孩大驚失色地叫道，圓滾滾的眼睛就像在瞪著外星人，「那是阿然老師、柳信然老師、我們班的實習老師耶！」

「囉嗦！老子不知道不可以嗎？」一刻惱羞成怒地站起身。他明明是很認真地在思考這個問題，可是怎麼想就是記不起那張臉的名字，「那傢伙又沒有三頭六臂或是三隻眼睛，我哪那麼容易就記起來啊！」

「……真的有就不得了了啦，宮一刻。」蔚可可說，眼神漸漸從目瞪口呆轉爲悲憫，「不管怎樣，你的認人能力真的超級差耶。」

對於這句評論，一刻毫不客氣地送她一記中指和一記殺人似的眼刀，覺得被天兵這麼說眞是一種恥辱。

還好蔚可可也是懂得看氣氛的，見一刻表情險惡，立即見好就收，不再針對他的認人障礙毛病取笑。

「欸欸，宮一刻。」蔚可可眨巴著圓亮的眸子，「你會幫我吧？」

「……老子有說不幫嗎？」一刻瞪了蔚可可一眼，「要我幫什麼就快點說。」

「萬歲！太棒了，我就知道宮一刻是好人！」蔚可可欣喜地歡呼一聲，緊接著她雙手合十，擺出請求的姿勢，「今天，今天放學後能不能陪我？我哥有事要待比較晚，反正你也沒有女朋友要約會，所以你就陪我啦。」

「靠杯啦，最好拜託人是這種態度……」一刻翻了白眼，「眞是的，沒辦法，這種事也不是……不，慢著。」

「宮一刻？」發現一刻似乎是想到什麼般地咋了下舌，蔚可可有絲緊張地問，「不行嗎？難不成不行嗎？」

「不是不行，只是我今天已經和蘇染他們約好了……算了，大不了就我們三個一起先陪妳一下。」一刻聳聳肩，覺得這個折衷的辦法也可行。

「咦？可是這樣我準備的計畫就派不上用場了啊！」蔚可可卻是一臉失望，「人多勢眾是很好，但我想要讓那個跟蹤狂死心，誤以為我已經有男朋友了耶……」

一刻愣了愣，一會兒後才反應過來。

「男……幹！原來妳是想拿我當擋箭牌!?」一刻瞠目結舌地罵道：「媽啦！妳是不會找別人嗎？」

「可是別人都不適合啊。」蔚可可理直氣壯地說，還特地扳著手指數給一刻聽，「我最熟的朋友就你們幾個。尤里有女朋友了，而且千穗那麼美，誰都不會相信尤里會拋棄她，跑來當我男朋友；夏墨河就算不穿女裝，有些白目的男人還是可能把他當女孩子，我們走在一起，除非那個跟蹤狂會相信我們在搞百合；蘇冉的話更不可能，就算他聽你的話答應假冒，但是……」

「但是啥？」

「但是我敢打賭，他絕對連話也不會跟我說上一句的，最好有這種相敬如冰的情侶啦！」

面對蔚可可一副「我有說錯嗎？」的表情，一刻還眞的必須承認她說的一點也沒錯。

「最重要的是，宮一刻你超有魄力，一般男生很容易就被你嚇跑。」蔚可可笑嘻嘻地加上這句。

一刻瞪著那張甜美可愛的笑臉，三秒後自動敗下陣，但他也提出了條件，「妳有辦法讓蘇染他們改變主意，我就冒充一回陪妳。先聲明，要他們改變主意可不是簡單的事。」

「沒問題，就交給我來說吧！」蔚可可自信滿滿地拍拍胸脯。

「妳還是先做好失敗的心理準備吧。」不是一刻要潑人冷水，只是他和蘇氏姊弟有十幾年的交情了，對他們的性子自然一清二楚。

那對姊弟向來不喜歡有人打擾他們三人的相處時間，而且這回蔚可可還要求自己冒充她男友，天曉得蘇染會怎麼想。

不過，蔚可可依舊滿懷信心，她馬上就採取行動，直接跑向待在草地上的蘇染。

從一刻的位置，頂多看見蔚可可和蘇染咬著耳朵，沒辦法聽清楚她們在說什麼。

過不了多久的時間，蔚可可就又跑了回來。她朝一刻露出大大的笑靨，比出了一個ＯＫ的手勢，「沒問題啦，小染答應了。」

「幹！眞的假的？」一刻大驚，「妳確定妳不是在唬爛我？」

「什麼啊？我人品很好耶。」蔚可可噘著嘴，隨即像要證明自己所言非假，她忽然圈手放在嘴邊，對著草地的方向喊道：「小染！妳答應我了，對不對？」

雖然這聲突如其來的大叫引來其他學生的注意，還惹來體育老師的斥喝，可是一刻確實清清楚楚地瞧見蘇染點頭了。

白髮少年愣在原地，彷彿無法置信。

在一旁看著這幕的蔚可可則是得意萬分地笑了，她絕對不會告訴宮一刻，自己究竟說了什麼才得到蘇染的應允。

——小染、小染，我可以跟你們借一下宮一刻，請他冒充我男朋友幾天嗎？我想讓別人知難而退。

——我的答案只有不答應，和絕對不答應。

——拜託啦，小染。妳答應的話，以後妳和宮一刻結婚，我自願當伴娘！

——我答應。

第二針

對於蘇染為什麼會輕易改變主意，一刻就算想破腦袋也想不出答案，偏偏當事人又拒絕洩露任何口風。

在百思不得其解之下，宣告放學時間的鐘聲終於響起。

幾乎鐘聲剛結束，蔚可可便抓起書包衝到一刻桌前，心急地催促對方收拾書包，一等他收完，就又拉著他的手臂，風風火火地衝出教室。

整個過程簡直像在逃難，一刻甚至只來得及跟蘇染說上一句「再見」。

由於是剛放學的時間，校門口聚集著許多學生，因此有不少人都看見了這一幕——

一頭鬈髮的嬌小女學生，居然強硬無比地拉著一年級老大宮一刻跑出學校！

目睹此景的學生們不免目瞪口呆，還有人忍不住猜測起那兩人莫非在交往？

全然不知自己成了被八卦的角色，一刻就這麼被蔚可可一路拉著跑，直到跑出幾個路口，才總算停了下來。

「呼哈……」蔚可可放開一刻的手，大口大口地喘著氣。她拍拍胸口，緊張地東張西望，「跑到這應該就沒問題了吧……」

「什麼？」一刻揚起眉，隱約覺得事情不對勁，卻又說不上哪奇怪。

「沒有、沒有，什麼都沒有，你聽錯了。」蔚可可趕忙搖頭，「我是說……其實我是說，照我們剛剛引起的騷動，應該會有人開始猜我們之間的關係了吧？如果那個跟蹤狂真的是我們學校的人，說不定也會看見或聽見？」

「妳要怎麼做我是沒意見……」一刻皺緊眉頭，「不過妳衝那麼快，那個跟蹤狂想跟蹤也跟蹤不了吧？」

「……啊！」蔚可可像是這時才想到這點，表情馬上從恍然大悟變成懊惱。她蹲下身來，喪氣地扯著自己的髮絲，「我忘了……天啊，我竟然忘了……這樣找人冒充男朋友不就沒意義了嗎？」

一刻沒打擾她的自怨自艾時間，他瞄了周圍一會兒，發現他們跑到了一座小公園裡。他找了個無人的鞦韆坐下，摸出手機，自顧自地打起電話，無視原本在隔壁盪著鞦韆的孩童一見到他坐定下來，立刻驚慌失措地哭著逃走。

察覺到自己的頭頂上遲遲沒有落下聲音，蹲在地上的鬈髮女孩不禁抬起頭，然後便瞧見一刻壓根將她整個人忘在一旁。

「咦咦咦？這時候不是應該要安慰我一下嗎？宮一刻，你太冷血了啦！」蔚可可抗議，「看到可愛的女孩子傷心難過，怎麼可以不安慰個幾句呢？就算請吃冰也是可以的呀！像草莓冰啊、巧克力香蕉冰啊、芒果冰啊……」

「冰妳老木！結果妳的重點是冰嗎？」一刻闔上手機，離開鞦韆，不客氣地以鞋尖踢了踢還蹲在地上的蔚可可，「起來，我先送妳回去。要是蔚商白還沒到家，我可以陪妳等一下。」

「不行！不能立刻回去！」蔚可可神情緊張地迅速站起。

一刻瞇細眼，「蔚可可，妳該不會瞞著我什麼吧？」

「沒有，我沒有瞞什麼，絕對沒有！」蔚可可忙不迭地否認，但從一刻的表情來看，就可以知道他明顯不相信這番說辭。蔚可可有些著急，她絞盡腦汁地拚命想，驀地一把抓住了一刻的手腕，猛然想起一直掛心的事，「宮一刻，我可以去你家嗎？我想看織女大人，我也很擔心織女大人的情況啊！」

當「織女」兩字從蔚可可口中吐出，一刻頓時沉默了。他眼裡出現難以形容的陰鬱，像是有烏雲籠罩著，怎樣也無法散去。

見狀，蔚可可不由得也跟著安靜下來。

「哪，宮一刻。」蔚可可放輕了聲音，「織女大人她……仍然沒醒來嗎？」

一刻不發一語，然而這已是最直接的回答。

大部分人在聽見「織女」這名字時，下意識都會先想到「牛郎織女」這則神話故事。

而事實上，蔚可可口中提到的「織女」，確實就是神話裡的人物，來自天界的眞正神明。

織女因任務而來到人世，並在一次機緣下，將自身的神力分予一刻，使他成爲神使，肩負消滅名爲「瘴」的妖怪的使命。

雖然曾多次碰到危機，但在其他神使同伴的共同合作下，總算都有驚無險地化解了。

而在一次次的事件中，一名神祕人物的存在也漸漸浮現出來。

沒人知道她的來歷，更無從得知她一再阻礙神使是爲何目的。

即使一刻曾單獨與對方面對面，卻也未能窺見她的眞正面貌。唯一記得的，就僅有對方猩紅的雙眼和歪斜的惡意微笑，以及那宛若由黑暗堆砌出來的身影。

就在一刻拚命尋找那名神祕人物相關線索的情況下，他同時還要隱瞞織女一件事——

那就是，連牛郎也下凡了。

沒有回覆織女充滿思念的信件，來到人世卻是爲了與名爲「左柚」的四尾妖狐見面，這樣的事，無論是誰都不敢讓織女知情，深怕她受到莫大的傷害。

但是當眾人都認爲牛郎或許眞的辜負了織女的同時，一刻卻得知了一個驚人的眞相。

原來牛郎並非沒有回信，他的信被喜鵲藏了起來，並趁無人知曉時撕毀了。只因她內心一直對牛郎心懷芥蒂與敵意，甚至怨恨著與身爲人類的牛郎結合，而神力日漸衰退的織女的命運。

在知道喜鵲擅自撕信且捏造謊言後，一刻和她狠狠大吵一架。只是不管是他或喜鵲都沒有想到，他們的爭吵居然會被以爲已經外出的織女全聽進了耳裡。

織女得知了一刻和喜鵲想隱瞞的眞相，也得知了牛郎來到人世卻是爲了和他人見面的事。

無法相信一切的織女奔出屋外，卻又偏偏撞見牛郎與左柚親密互動的畫面。

巨大的悲傷與絕望讓織女再也承受不住，她落下血淚，然後和追著她而去的喜鵲就像消失在這座城市裡，不論一刻和牛郎與其他同伴們如何尋找，就是找不著她們的身影。

在經過毫無音訊的整整兩天後，一刻竟在自家門外發現了昏迷不醒的織女，不過，卻沒看見喜鵲。

沒人知道這兩天裡究竟發生了什麼事，也沒人知道喜鵲現在身處何方，只能猜測她或許是隱匿了起來，守護在織女的身側。

如今已是織女陷入昏迷的第三天，她的意識就像落至最深的夢境深處，任誰也無法喚醒。

一刻知道人有難的時候會向神祈求，可是神呢？當神有難的時候，祂們又該向誰祈求？

「宮一刻，你的表情可不可以不要這麼難看啊……」蔚可可拉了下一刻的衣袖，低聲地說著，「織女大人不會有事的，如果連你都不相信，那該怎麼辦才好？你看，連理華都在擔心你了。」

一刻低下頭，看見自己手臂皮膚下，不知何時浮出一條銀白小蛇的虛影，那是淨湖守護神寄宿在他身上的力量分身。

小蛇的藍眼宛如擔心似地凝望著一刻。

「抱歉，我沒事。」一刻伸手撫了撫白蛇的頭部，後者也像是安慰人般回蹭一下後，才隱匿身形，退回一刻的皮膚底下。

「……看樣子我還眞沒用，連小鬼都擔心我了。」一刻自嘲地扯下嘴角。他深吸一口氣，接著雙手忽然用力地拍上自己的臉。

「宮一刻！」那聲音響亮得讓蔚可可嚇了一跳，她緊張兮兮地圍著他轉，開始擔心對方是不是承受不了這幾日的壓力。

但下一秒，她就看見白髮少年放下自己的手，雖然臉頰上還留著紅印子，可是一雙眼已重新回復以往的銳利凶狠，彷彿一隻鎖定目標、蓄勢待發的凶猛野獸。

蔚可可亮了雙眼，差點就想大叫「沒錯，這才是我認識的宮一刻」，阻止她這麼做的原因是從口袋內手機傳來的震動。

鬈髮女孩反射性地掏出手機，也不知看到了什麼，只見她頓時用最快的速度將手機闔起，塞進書包內。

「蔚可可，我們走吧。」一刻沒注意到蔚可可的小動作，他喊著對方的名字。但走了幾步後，忽地頓下，「啊靠，還得打電話和蔚商白說一聲妳要來我家……」

「哇！不用、不用，完全不用和我老哥說了！」蔚可可飛快地打斷一刻的話，「我哥他超強的，我相信憑心電感應他就會知道我們在哪了！」

「……我覺得妳是在唬爛我，這該不會是我的錯覺吧？」

「什麼？當然是你的錯覺！宮一刻，我們快走吧，我突然好想上廁所！」

「等……喂！別拉我、別拖著我跑……蔚可可，我叫妳……我說公園就有廁所妳他媽的是跑什麼跑！」

「咦？但我現在一定要你們家的廁所才有辦法蹲得出來，不是你們家的絕對不行的啦！」

「我操！是女的就不要在大街上喊什麼廁所或蹲！基本的羞恥心妳是沒帶在身上嗎？」

「當然有帶啊！而且還多到都超重了呢！」

宮一刻百分之兩百肯定這句話鐵定是在唬爛他。

在蔚可可堅持自己非常想上廁所、而且還非一刻他們家的廁所不上時，一刻就這樣被人拖著，被迫一路連拉帶跑地回到了家裡。

整個過程依舊像是在逃難般，還引得不少路人下意識地往後看，以爲有什麼窮凶惡極的東西在追著這對年輕男女。

一見到熟悉的家門就在眼前，一刻猛然回了神，他大力地扯住蔚可可，終於停下這名女孩一路的橫衝直撞。

毫無防備的蔚可可被拉得差點向後倒，幸虧她運動神經發達，迅速地穩住身體的平衡。

「哇，嚇死我了……」她拍拍胸口，正想向一刻抗議，就看見對方越過自己走上前，打開了大門。

蔚可可連忙吞下本來想抱怨的話，尾隨在一刻身後進入屋子裡。

雖然知道蔚可可已不是第一次來到他家，但在見到她自動翻出室內拖鞋、熟門熟路得好像在自己的家一樣，一刻還是忍不住想翻白眼，覺得這丫頭融入他們家的速度未免也太快了。

在玄關處隱約可以聽見人聲從裡頭飄出，知道堂姊今日休假的一刻不感到意外，只當她是在和人講電話。

「莉奈姊，我回來了。我還帶蔚……」一刻邊扯著繫在領口的領帶，邊走進客廳。只是他才剛踏入，便愣在原地，抓著領帶末端的手指也忘記放下。

「宮一刻，你幹嘛杵在這裡不動？」被擋在客廳外的蔚可可詫異地戳戳一刻的背，見他沒反應，不禁好奇地踮高腳尖，從他的肩膀後探出頭，「你家客廳很乾淨、很正常啊，什麼奇怪的東西都沒有嘛。」

一刻當然也知道此刻映入眼簾的客廳很乾淨、很正常——看過的報紙整整齊齊地疊在長桌上；坐墊好好地待在沙發上，沒有滾到哪個角落，更不用說地板上連一個垃圾也沒看到。

太乾淨、太正常……所以根本就是不正常！

一刻比誰都還了解自家堂姊的整理功力，宮莉奈在這方面的能力完全就是負值，但在製造環境髒亂上，卻是個徹底的天才！

「見鬼了！家裡是遭小偷嗎？莉奈姊是撞到腦袋吃錯藥了嗎？」一刻變了臉色，再也鎮靜不下來。

「你在說什麼啊？宮一刻，哪有人家裡遭小偷會變得這麼乾淨？」蔚可可反駁地提出自己的看法。

「莉奈姊！莉奈姊！」無視蔚可可，一刻扔下書包，拉高聲音大喊著宮莉奈的名字。

接著在客廳旁的廚房裡立刻探出一顆腦袋，「有！小一刻你回來了啊？」一頭長鬈髮用鯊魚夾胡亂夾著的娃娃臉女子露出欣喜的笑容，瞧見蔚可可的身影後，更是笑得眉眼彎彎，「妳好啊，可可，今天只有妳嗎？商白呢？」

「報告莉奈姊，我哥有事留校！」蔚可可舉起手，朝氣十足地回答，「所以今天只有我來打擾……哇啊！」

「妳閃邊去。」一刻不客氣地拎住蔚可可，把她拉至一旁。他上前一大步，眼神銳利，兩隻眼睛就像探照燈般，緊緊盯著還是一身睡衣打扮、外面還罩著一件小貓咪圍裙的宮莉奈，「莉奈姊，妳老實說，客廳爲什麼會變得這麼乾淨？家裡是不是遭小偷了？給妳三秒，三、二、一，回答！」

「咦？是！」或許是平常聽慣堂弟的命令，宮莉奈頓時就像士兵般一個口令一個動作，反射性地挺直腰桿，雙手貼著腿側，「家裡沒遭小偷！」

「眞的？沒騙我？」一刻瞇著眼，狐疑地盯著宮莉奈，擺明就是不怎麼相信。

蔚可可聽不下去地跳了出來，「宮一刻，你很盧耶！哪有可能是家中遭小偷才變乾淨的？哪個小偷會蠢到替人整理環境啦！」

「有喔。」宮莉奈說。

「咦？」蔚可可以為自己聽錯了，她看看宮莉奈，再看看一刻。

「妳以為我在唬爛妳嗎？」一刻雙手抱胸，翻了一記白眼，「我們家就曾發生這種事。」

「咦？咦咦咦!?」蔚可可大吃一驚，眼睛瞪得又圓又大，「真的假的？騙人！」

「沒騙人唷。」宮莉奈無比認真地說著，「以前我們家真的曾遭小偷，只不過……」

「只不過某人那時候把客廳弄得比炸彈轟炸過還要驚悚。」一刻面無表情地接下話，「於是小偷只好先想辦法整理，否則別說是偷東西了，他連路都沒辦法好好走。等到整理得差不多，他也累到趴了，然後就被在樓梯間已經坐了十五分鐘的我給抓住。這一切，都得託某、人的福。」

「啊哈哈哈哈，小一刻你要是太誇我，姊姊我會不好意思的。」宮莉奈撓著臉頰傻笑。

蔚可可發誓自己看見一刻的臉部肌肉一抽，額角爆出青筋。

莉奈姊，宮一刻那話絕對不是在誇妳啊！還有妳當初到底是做了什麼，可以讓客廳變得比被炸彈轟炸過還要驚悚？

蔚可可也有在家中亂扔東西的壞毛病，但是和宮莉奈相比，她自認根本是小巫見大巫……

不對，是大大巫了！

「對了，宮一刻。」爲免一刻先被宮莉奈的遲鈍氣到暴走，蔚可可趕緊提出個問題，「爲什麼你會在樓梯間坐十五分鐘？如果你早就發現有小偷，不是可以先報警嗎？」

「啊？妳說什麼傻話？要是先報警，不就沒人幫我整理客廳了？」一刻咧出一口森白的牙齒，像是鯊魚在對著人笑。

「哇喔……」蔚可可發出一聲充滿各種意義的感嘆，但敬佩成分還是佔了大多數。她原本還想問問那名倒楣小偷的下場，不過一想到之前曾目睹一刻痛揍男鬼的那份狠勁和暴力，她只能無語地打從心底爲那名小偷默哀。

「莉奈姊，妳還沒解釋這是怎麼回事？客廳變得也太乾淨了，還有妳穿圍裙是要做什麼？」似乎想起圍裙的用意，一刻瞬間鐵青了臉，「靠靠靠！拜託不要告訴我妳是在煮……」

嗡——

有什麼東西突然開始運轉的聲音，蓋過了一刻的話。

白髮少年愣了愣，他看著宮莉奈的臉，再看向明顯是抽油煙機被開啓的廚房，一時間竟反應不過來。

莉奈姊在這，那在廚房開抽油煙機的人……是誰？

「宮一刻，你家的抽油煙機會自動開啓喔？」蔚可可眨巴著眼問。

「妳白痴嗎？」一刻只給了這四個字。

謎題在下一秒就解開了，一抹身影從廚房走出，出現在一刻等人面前。

那是個穿著利英制服的金髮少年，五官英挺俊秀，唇邊還穿了一個顯眼的唇環。只不過一雙眼睛卻給人一種戾氣過重的陰冷感，反倒使人容易忽略他出眾的外貌。

而少年的制服外，不知為何也繫著一條小貓咪圍裙。

「莉奈姊，剩下的材料我都準備好了。」金髮少年先對著宮莉奈說道，接著再瞥了一刻他們一眼，「歡迎回來，晚餐再過半小時就好了。那個姓蔚的女人也要留下來吃嗎？」

「要要要！」蔚可可忙不迭舉手，「請讓我留下來蹭……」

「蹭妳老木！」一刻一掌壓下蔚可可的頭，「別給老子應得那麼順，在回應之前妳是不會搞清楚嗎？那傢伙哪是我家的人啊！」

「……啊。」蔚可可後知後覺地反應過來。

「江言一……你他X的會不會融入得太理所當然了？」一刻黑了一張臉，「幹拎娘咧！弄得老子差點也以為你是我家的一分子！」

「小一刻！」宮莉奈睜大美眸、雙手扠腰，義正辭嚴地訓斥道：「怎麼可以在女孩子面前罵髒話？而且小江是好心來幫忙，他說二年級大樓因為要進行維修工程，所以七、八節停課，他三點多就來這裡幫我整理客廳和準備晚餐材料了呢！」

聽他放屁！二年級大樓哪有什麼維修工程？大樓明明新得像鬼似地！一刻和蔚可可同時用鄙夷的目光，看著壓根就是自行蹺課的利英二年級老大。

江言一無動於衷地看了回去，眉毛連動也沒動。

不過，一刻也不打算拆江言一的台，畢竟人家都幫忙整理好客廳了，還是這輩子唯一不會被宮莉奈製造髒亂的能力嚇跑的男人。

事實上，一刻都覺得江言一對自家堂姊死心塌地的程度，早就超過了盲目，根本就是眼睛瞎掉了。

「隨便你們晚餐要煮什麼，江言一，別讓我姊燒掉廚房就行。」一刻嚴肅地交代。

「小一刻，你偶爾也該相信我一下嘛！」宮莉奈哀怨地抗議道。

「那我還是相信江言一那傢伙好了，莉奈姊。」一刻斬釘截鐵地如此回答。

無視備受打擊的宮莉奈，一刻拎起扔在沙發上的書包，朝蔚可可拋了一記眼神，示意她不要再磨蹭，趕緊跟他上樓。

蔚可可沒忘記到這來的主要目的，立刻小跑步地追著上了二樓。

一來到二樓走廊，蔚可可下意識放輕腳步，連呼吸聲也不敢太大，深怕破壞了瀰漫在這層樓的奇異寧靜。

陷入昏迷的織女就待在二樓尾端的房裡。

隨手將書包丟回自己房間內，一刻領著蔚可可走向矗立在走廊盡頭的門板。

一刻沒有直接打開門，反而是屈指敲了兩下。

蔚可可見狀，不禁有些迷惑，不解一刻爲何還要特意敲門。還沒等她想明白，房門後竟響起模糊的說話聲。

「請進。」

蔚可可嚇了一跳，瞠大的眸子飛快地看向一刻，想從他的臉上找出答案。

既然莉奈姊在樓下，宮一刻在她旁邊……那那那，還有誰待在織女的房間？織女不是還沒醒過來？可是宮一刻對有人說話也不覺得吃驚，也就是說他知道裡面的人是誰……

思緒在腦內轉得快打結了，蔚可可屏著氣，看著白髮少年旋動門把，推開了房間門。

雖然房內的燈沒有亮起，但窗外的光線提供了足夠的光源。

從門口的位置，一眼就可以將房裡的全景收進眼裡。

擺著藍色小牛玩偶的床鋪上，正躺著一名如同陷入熟睡的小女孩。

小女孩的烏黑髮絲散在枕頭上，襯得那張緊閉雙眼的精緻小臉，有種教人心疼的脆弱感。

而在床邊，還坐著一名身著暗色西裝的年輕男子。

男子微鬈的髮絲有些凌亂，本該筆挺的西裝縐巴巴的，臉色看起來蒼白憔悴，眼下還有淡淡的黑影。但即使如此，依舊減損不了他驚人的俊美相貌。
注意到有人入內的男子抬起頭，握著小女孩手指的手還是沒有鬆開。
「歡迎回來，一刻。」牛郎露出微笑，嗓音低滑溫和，「你今天帶了客人呢。」

一見到牛郎出現在織女房內，蔚可可目瞪口呆，幾乎以爲自己是在作夢。
「爲、爲什麼牛郎……牛郎先生會……」她結結巴巴地發出聲音。
「啊？他這三天都待在我家顧著織女。」一刻像是沒辦法理解蔚可可爲什麼會一副大驚小怪的模樣，「我難道沒跟你們……喂，妳有沒有在聽？」
蔚可可還是不太能相信，她甚至忍不住大力地捏了自己一把，但在感受到疼痛之前，她身邊的一刻就已經先爆出了髒話。
「幹！蔚可可，妳沒事捏我做什麼！」一刻猙獰著臉，看樣子很想掐住蔚可可的脖子。
「咦？」蔚可可慢半拍地低下頭，看見自己的手指停在別人的大腿上，她頓時恍然大悟，「怪不得我到現在都不覺得痛呢。」
一刻現在確定自己很想把這個天兵丫頭掐死了。
只是不等他發難，鬈髮女孩就先放開手中的書包，三步併作兩步地衝上前，渾然沒發現身後傳來有人腳趾被書包砸到的抽氣聲。

「妳好，蔚姑娘，這是我們第二次見面了呢。」牛郎毫不吝嗇地又綻開一抹笑容，搭上一雙桃花眼，登時讓蔚可可覺得心跳都要漏了兩拍。

振作點啊，我的心臟！蔚可可在內心大叫。不要被男人的美貌迷惑了，眼前的男人不但是有婦之夫，年齡還大到破千了！

「蔚姑娘？」牛郎微側著臉，像是不解面前女孩的表情為何會豐富得變來變去。

但是他卻沒想到他這側臉的動作，反倒讓蔚可可倒抽一口氣，心臟怦怦跳的程度已經超越了小鹿亂撞，而是大象在踩來踩去了。

蔚可可摀著臉蹲下。天啊天啊，怎麼可以有人帥成這樣……

「一刻，請問？」牛郎被蔚可可突來的舉動弄糊塗了，只能困惑地望向一刻。

「沒事，她常這樣。」一刻面無表情地說，「習慣就好。」

彷彿忘了身旁有人，蔚可可的內心活動進行得依然激烈。

理花大人對不起，我不該因為對方長得太帥就動搖……但看帥哥是女孩子的天性嘛！只好想想可怕的事……老哥發怒的臉……噫！超可怕的！

蔚可可瞬間彈跳起來，她拍拍胸口，隨即意識到自己正待在織女的房裡，而牛郎還在驚訝地注視著她。

沒錯，眼前坐在織女床前的，的確是貨真價實的牛郎，那名隱瞞織女來到潭雅市，卻又和左柚過往甚密的疑似負心漢！

「牛郎先生、牛郎先生，爲什麼你會在這裡？你到底有沒有辜負織女大人？」「負心漢」三個字讓蔚可可動搖的心猛地冷卻下來。身爲女孩子，她對於負心、劈腿等字眼特別敏感。她繃著甜美的臉蛋，手指著牛郎的鼻子，咄咄逼人地質問道：「你該不會是隱瞞已婚的身分接近左柚吧？」

「蔚可可！妳在胡說什麼？」一刻低喝道。

「我才不是在胡說。」蔚可可也壓低了聲音，但一雙睜得大大的眼睛，卻不甘示弱地直視一刻，「宮一刻，你不能因爲身爲男人就幫牛郎先生說話。」

「幫他說話？」一刻的聲音低了一階，他的臉上沒有特別的表情，但眼神又凶又狠，比鋼鐵還堅冷，「妳在開玩笑嗎？他如果眞對不起織女那丫頭，我早就揍死他了。」

「一刻，我很高興你對織女的愛護，但是身爲當事人，聽了不免心情有點複雜。」牛郎苦笑，他的聲音同時讓一刻和蔚可可猛然意識過來，牛郎還和他們待在同一間房裡。

「抱歉。」一刻抹了把臉，「我知道你並沒有……」

「我沒有辜負我的妻子，我永遠也不會辜負我唯一的摯愛。」牛郎低語，他垂下眼，墨黑的眼瞳靜靜地凝視失去意識的織女。即使他沒有再多說一句話，然而他眼裡的深深情感，彷彿隨時會化作液體滴墜下來。

那是如此溫柔又哀傷的眼睛，那是在注視著此生最珍貴事物的眼睛。

目睹這一幕，蔚可可好像突然間什麼都明白了。

牛郎確實愛著織女，他看著織女的眼神，和看著左柚時的眼神完全不一樣。

蔚可可忽然有些後悔自己剛剛的態度太衝了。

「對不起，牛郎先生……」有著一雙圓眸的鬈髮女孩小心翼翼地道歉，手指不安地絞著，「我不是……眞的很對不起……」

「不，沒關係，這表示蔚姑娘妳也很重視織女。」牛郎搖搖頭，抬手打斷了蔚可可的道歉，表示並不介意，「我和左柚僅僅是朋友，我來潭雅市，有部分雖是爲了與她見面，實際上卻是爲了另一件對我而言相當重要的事。只是這件事我還無法告訴任何人，這點還希望你們見諒。我和左柚之間雖然沒有絲毫的曖昧關係，但是……」

牛郎低滑的嗓音驀地變得更輕了。

「確實是我的錯。是我不該讓織女心生不安，最後才導致了這樣的結果。如果……如果我當時可以更快追上她，她也就不會失去消息整整兩日……」

牛郎望著自己的掌心，彷彿還能見到當日落在上頭的那滴血淚。他猝然握住手指，難以言喻的懊悔如同尖銳的錐子，狠狠地刺穿了他的內心。

他像是感受不到指甲扎進的疼痛，只覺那時承接住血淚的那塊皮膚又熱又燙，宛如要燒灼出一個洞。

「我明明最愛她，卻又帶給她如此深的傷害……」牛郎啞著聲音。只要回想起那一天的情景，他就無比悔恨，那淒厲的質問好似還停留在耳邊。

夫君、夫君……爲何欺騙妾身……爲何辜負妾身……爲何欺我負我——

不對、不對！我斷然不可能欺妳負妳，織女，我只是想讓妳……

「牛郎先生？牛郎先生你還好嗎？」蔚可可緊張地盯著突然沉默不語的西裝男子，她不知道是不是自己的錯覺，她總覺得那張俊美的臉龐看起來更蒼白了。

「抱歉，我沒事。」牛郎驀然回過神，他鬆開緊握不放的手，極力將那股翻騰的情緒壓抑下去。他抬起臉，對著兩名年輕孩子露出溫和的笑。

只是這笑看在一刻和蔚可可眼中，都覺得有幾分虛弱。

「你去休息一下，織女我來顧就行了。」一刻放下環胸的手，眉頭緊緊地擰起，「我可不想看到又多一個傢伙昏倒，到時要顧的人就變成兩個了。」

「沒關係，一刻，我還可以……」牛郎搖頭，只不過話還沒說完，就被蔚可可搶先打斷。

「牛郎先生，我也認爲你休息一下比較好啦。」蔚可可義正辭嚴地說，「不然你先垮了怎麼辦？我和宮一刻會負責照顧織女大人，有什麼狀況會立刻告訴你，你就放一百二十個……不對，你就放三百個心好了！」

「碰上妳這天兵，放五百個心都沒用吧？」一刻暗暗咕噥。

殊不知蔚可可耳尖，頓時氣惱地跺腳抗議，「宮一刻，你太過分了！這時候還拆人家的台！」

「屁啦，妳那台就算不拆都會自己垮了。」一刻鄙夷地橫睨了一眼。

眼見鬈髮女孩像是想撲上去和白髮少年扭打成一團，牛郎忍不住爲這一幕失笑出聲。

「我明白了，就暫時拜託你們了。」牛郎依依不捨地放開織女的手，將那隻細白的手臂仔細放回棉被裡，這才起身離開床邊。

「報告，沒問題的。」蔚可可笑嘻嘻地比出一個敬禮手勢，隨後還跑到牛郎身邊，大力地拍了下他的背，像是要鼓勵他振作起來，「所以牛郎先生你也要……」

「蔚可可！」一刻如同見到什麼嚇人的景象，倏然變了臉色，厲聲喝道。

「什麼？什麼？」蔚可可被嚇了一大跳，反射性縮回手，以爲自己做錯什麼事，神情是掩不住的緊張。

然而沒想到她的手剛一移開，身畔那具修長身子竟是一個不穩，踉蹌地蹲跪下去。

第三針

「牛、牛郎先生!?」蔚可可被這一幕嚇得花容失色，「不會吧？不會吧？我的力氣有大到那麼誇張嗎？」

「閉嘴，白痴想也知道不可能！」拋下慌張得像是想咬指甲的蔚可可，一刻一個箭步衝上前，在牛郎身邊蹲下，「牛郎、牛郎……我操，剛說完你就眞的撐不住了嗎？」

牛郎沒有回答這個問題，事實上他現在連發出聲音都有些困難。他彷彿遭受到某種巨大痛苦，俊顏血色盡失，牙關死死咬著，指關節更是用力到泛成青白。

「牛郎先生、牛郎先生……」蔚可可急得團團轉，想到可能因爲自己的緣故造成如此狀況，登時愈發冷靜不下來，「救護車，要叫救護車！」

「蔚姑娘，慢著！」牛郎忍著痛，迅速伸手抓住眞的想要衝去打電話的鬈髮女孩，「我沒事……我眞的沒什麼事。」

「但、但是……」蔚可可不安地望著臉色依舊蒼白的牛郎。

牛郎深吸一口氣，像是想從那波疼痛中緩過來。他加大手指的力道，對著蔚可可堅定地搖搖頭。

那雙眼角挑勾的眸子有種強硬的氣勢，被那眼神一看，蔚可可一時之間也不知該放棄還是無視牛郎的意思才好。

「蔚可可，就先聽他的。」反倒是一刻開口了，「暫時聽他的，要是他不給個交代，不用叫救護車，老子直接押他去醫院掛急診。喂，聽見了嗎？」

一刻這句話針對著牛郎，他繃著臉，目光銳利得像要刺穿人。

「你瞞著的事，最好都說出來。」

「瞞著？宮一刻，牛郎先生還有什麼事瞞著我們嗎？」蔚可可聽糊塗了，只能在一刻和牛郎之間看著，「如果是說他和左柚……」

「我說的當然不是那個。」一刻不客氣地截住話，他瞇眼瞪向牛郎，「你的背有傷，對吧？否則不會因爲蔚可可那一掌，整個人就倒下去。得了，別當老子眼睛瞎了，難不成你真的要跟我說，蔚可可是神力女超人，一掌就能打得人吐血嗎？」

如果不是時機不適合，蔚可可真想向一刻抗議，要他別再破壞她的形象。

「不，但是……」牛郎當然不可能說出這種話，他沉默了下來。

就算蔚可可再怎麼遲鈍，這下也看出牛郎的反應無異是種默認。

「等一下！牛郎先生真的受傷了？」她抽了一口氣，反射地抓著一刻的手臂，「爲什麼？爲什麼會突然受傷呀？宮一刻，你快說！」

「我又不是他肚裡的蛔蟲，我怎麼可能知道？」一刻沒好氣地抽回自己的手，他望向牛郎的目光沒有減弱絲毫氣勢，依舊銳利不已，如同無聲地逼迫對方把事情交代清楚。

沉默了好半晌，似乎發現到自己若不坦白，不僅白髮少年會和他耗上一整天的時間，就連鬈髮女孩也一樣虎視眈眈，像是想親自扒下他的衣服查看究竟，牛郎終於認輸地嘆息一聲。

「……我明白了。」他輕聲說，然後脫下西裝外套，再來是解開襯衫釦子。等到釦子全數解開，他轉過身，將半邊的襯衫也脫了下來，露出部分的背部肌膚。

當一刻和蔚可可目睹牛郎的後背時，兩人瞬間都說不出話，胃裡像是猛地被塞入大量冰塊，幾乎無法相信自己所看到的；蔚可可更是反射性摀著自己的嘴，以免驚叫溢了出來。

在牛郎背後，不是大片白皙的肌膚，而是交錯著無數焦黑猙獰的傷口。他的背簡直就像有人拿著火在上頭燒得亂七八糟一樣。

一刻雖然猜出對方背上負傷，可怎麼也沒想到竟會如此嚇人。

「抱歉，看起來可能有點嚇人……」牛郎似乎早已預料到一刻他們會有什麼反應，苦笑地重新拉起襯衫，扣上釦子，「不過，其實也不是很嚴重的……」

「別開玩笑了，怎麼可能不嚴重！」一刻咬牙切齒地怒吼道，不敢相信面前的男子居然帶著這樣的傷勢保持沉默至今，「蔚可可，現在立刻給我去叫救護車！」

「咦咦咦？要叫了嗎？」蔚可可一時反應不過來。

「都傷成這樣了他媽的還能不叫嗎？」一刻握緊拳，像是想一拳砸在牆壁上，但又顧忌著會驚擾到床上的小女孩。

「一刻，我知道你在擔心我，但是眞的不需要。」牛郎轉過身，聲調柔和，宛如在安撫一名孩童。

「幹！誰在擔心你？」一刻被對方這種態度惹得更加火大，他雙眼凌厲，彷彿下一秒就會衝上去扯住對方的領子。

「宮一刻、宮一刻，你冷靜一點。」蔚可可連忙拉著一刻的手臂，就怕這名個性火爆的少年眞的做出什麼衝動的事，「牛郎先生也一樣，宮一刻是眞的很擔心你，爲什麼你要擺出那種好像對自己的傷沒感覺的態度啦！」

一刻這下換成瞪著蔚可可，「誰說我……」

「吼！宮一刻你安靜！你再多說一句，我就把之前織女送給我的睡顏照賣給小染，當然是你的睡顏照！」蔚可可破天荒地拿出驚人的魄力，那雙圓滾滾的大眼睛直瞪著一刻，竟是讓他不由得被震懾住——也不知道他是震懾於蔚可可的怒氣，還是她竟然有他的照片一事。

見一刻閉上嘴，蔚可可緊接著雙手扠腰，怒氣轉而針對另一邊的牛郎。

「還有你，牛郎先生，你眞的看不出宮一刻在擔心你嗎？」

「我怎麼可能看不出來？可是這傷……」牛郎低語，無意識地撫上肩頭，「嚴格來說，這是我該承受的代價，人間的醫院也無法給予幫助。」

「代價？」蔚可可越聽越茫然了，最後只能向一刻投予求助的目光，以眼神表示她完全有聽沒有懂。

一刻煩躁地彈了下舌頭，耙耙髮絲。他自己也無法理解牛郎話中的含意，然而他確實在意著牛郎背上的傷勢。

「蔚姑娘、一刻，其實傷勢沒你們想像中的那般嚴重，只要不特意壓迫背部。這幾天都是這麼過來的，所以眞的毋須擔心。」顯然看穿一刻的心思，牛郎沉靜地開口說道：「而我說的代價，是因爲我向雷神借了力量，背後的傷就是使用力量的代價。」

「雷神？力量？雷神的力量就是打雷對吧？這跟牛郎先生背後的……等、等一下！打雷!?」蔚可可剎那間像是想到什麼，她猛地抽口氣，手指比著牛郎，「難道說……難道說是那個時候的雷電嗎？」

「那時候？哪時候？」一刻立即心急地逼問：「蔚可可，妳說清楚一點。」

「就是之前引路人事件時……宮一刻你那時候被引路人綁走，之後才醒來，所以不知道也很正常。」蔚可可飛快地解釋著。

她所說的「引路人事件」，是織女失蹤前發生的事。

所謂的「引路人」，其實是一則流傳在潭雅市的都市傳說。據說她會出現在心懷強烈願望的人面前，替人實現願望，再索取代價。

然而誰也沒有想到，人們那份想要實現願望的意念，竟眞的創造出她的存在，使她成爲眞實。

之後引路人不但抓住一刻，將他藏於自己的世界中，更讓其餘想救助他的神使陷入危機。

在千鈞一髮之際，是兩道轟然砸下的雷電破壞了引路人的世界，使得神使們有機可趁，終於成功地帶回一刻。

雖然眾人對於當時無預警出現的雷電感到驚異，可是那時候帶回自己同伴的喜悅勝過了一切，因此也無人多想。

如今一聽牛郎提起「雷神」兩字，蔚可可當下觸動起回憶，馬上想到那次的事件。

「牛郎先生，眞的是你嗎？那時候的……」蔚可可吃驚地望著牛郎。

「即使如今的我是天界之人，但我不是神，若不是順利向雷神借到雷神小鎚，我也……」牛郎苦澀地嚥下了話，俊美的面孔上閃過一絲對自己無力的悔恨，「我不敢想像，要是我晚一步借到的話……」

「但你借到了。」一刻說，在牛郎訝然看向自己時，又說道：「那個什麼鎚的，你不是借到了嗎？你也幫了我們，不要露出像要哭出來的表情，老子最討厭看到男人在我面前哭。你都幾歲了？你是織女的丈夫吧？給我抬頭挺胸一點！」

「喂，宮一刻，你這樣很不像在安慰人耶。」蔚可可小小聲地說。

牛郎怔然地看了一刻一會兒，似乎之前從來沒這樣想過。隨後他低下頭，望著自己的掌心。他一根一根地收起手指，唇邊漾起溫柔又帶絲惆悵的笑。

「那時我做到了，但織女傷心的時候，我卻來不及捉住她的手……」

「夠了，那件事是我和喜鵲……」

「一刻。」牛郎抬眼直視一刻，眞摯沉穩地低語，「背上傷口的事，無論如何都請別讓織女知道，我不希望她醒來後又要傷心難過一次。我已經沒辦法……再見她難過了。」

望著西裝男子注視織女的溫柔側臉，一刻張張嘴，最後將所有來到喉頭的話都嚥了下去。他安靜地點點頭，那張年少的臉龐在這時似乎也染上一絲成熟。

「那個……我也會努力瞞著織女大人的。不過，牛郎先生，你以後還是別用那麼危險的東西，還有你眞的該去休息了。」蔚可可伸手推推牛郎，不忘避開對方的背部，「去休息、去休息，織女大人請放心地交給我吧。」

「這丫頭不會把人顧不見的。我的房間待會借你躺，你先跟我下樓吧。」一刻朝門口抬抬下巴，隨後率先往外走，「我弄點東西給你吃，晚點睡醒後再吃晚餐。」

「要兔子蘋果和焦糖布丁。」

「啊啊？蔚可可妳都還沒做到什麼事，就想吃東西嗎？」一刻頓住腳步，險惡的目光射向房內的鬈髮女孩。

「欸欸欸？不是我，我才沒說我要吃東西！」蔚可可一臉受到冤枉的表情。

這下子，一刻是眞的愣住了，因爲他聽見的說話聲，明明屬於女孩子所有，如果不是蔚可可，那麼這個房間內剩下的女性就只有……

一刻的背部僵直，他慢慢地扭過頭。

就連牛郎和蔚可可的表情也隨之一變，他們無法置信地轉過頭，看向擺著藍色小牛玩偶的床鋪。

床鋪上，五官精緻如人偶般的小女孩還是閉著雙眼。

巨大的失望像是一把鎚子，重重地朝著三人砸了下來。

可是就在下一瞬間，房裡又再次出現了那道聲音。

「妾身要兔子蘋果和焦糖布丁。」床上的黑髮小女孩張開眼睛，她側過臉，視線和門口的一刻不偏不倚地對上。

眨了眨眼睛，織女像是困惑又像是取笑地說道：

「部下三號，爲什麼你要露出一臉快哭出來的表情？若不想要妾身笑你，就把你房間的玩偶通通交出來哪。」

當那對黑亮的稚氣眸子再次睜開時，一刻最初以爲自己在作夢。

他呆愣原地，大腦一片空白，無法得知自己臉上是什麼表情，更別說針對那道稚嫩的童聲做出任何回應了。

「部下三號？」白髮少年的靜默，使得織女不由得有些擔心。她本來還在想自己會得到對方暴跳如雷的反擊，可沒想到對方竟連一句髒話都沒冒出來。織女眨眨眼，連忙想爬起來離開床鋪，但一聲低柔的呼喚，卻讓她停下了一切動作。

「織女……」

那不是她部下三號的聲音，她的部下三號還傻愣著沒開口，她絕對不會錯認那道聲音。

可是，不可能的……不可能的……

細眉大眼的小女孩無意識地緊抓被緣，慢慢地朝著房內另一側看去。她看見了蔚可可，那名湖水鎮守護神的神使正摀著嘴，一臉又驚又喜的表情；她看見了一名穿著暗色西裝的年輕男子，髮絲末端微鬈，臉孔俊美非凡，一雙勾人的桃花眼此刻正瞬也不瞬地凝望著自己，彷若他的世界只有自己。

「不可能……」織女緊緊盯著那名男子，喃喃地開口，「不可能、不可能……」

「織女，妳還好嗎？」牛郎不敢貿然上前，深怕自己的舉動會刺激到對方。他只能強忍內心的激動和狂喜，竭力讓自己看起來和往常無異，「織女，妳有沒有哪裡覺得不適？」

「夫君……？」織女像是沒聽見牛郎的問句，仍舊怔怔地望著他，一雙黑亮的眸子連眨也沒眨一下。接著，她忽然朝一刻招了下手，視線則還是黏在牛郎身上。

一刻還處在「織女醒來」這件事的衝擊裡，一見到織女向他招手，他下意識就往前靠近，然後他看見那隻細白的小手抓住他的手臂，再然後，竟是拇指與食指一起捏轉——

「幹！織女妳他媽的是捏什麼捏！」一刻爆出了憤怒的怒吼，所有神智在這瞬間全都回歸身上。

「會痛……所以是眞的？」宛如沒聽見一刻的咒罵，織女摀著嘴，重重地倒吸了一口氣，眼中泛起淚霧。下一秒，她扯開身上的棉被，七手八腳地想要跳下床鋪，但厚重的棉被卻成了妨礙，不但絆住她的腳，還使得她失衡地往床下傾，「哇啊！」

「織女！」

「織女大人！」

在連番驚叫聲中，一抹修長的身影赫然比一刻和蔚可可來得快，轉瞬間就接抱住那具嬌小的身軀。

一刻看得目瞪口呆，難以想像憑牛郎那副斯文優雅的外表，爆發力居然那麼強。

原先以爲會和地面零距離接觸的織女，反射地閉起眼，在發現自己落入一個充滿熟悉氣味的胸膛後，她睜開雙眼，倒映入眼中的是牛郎墨黑深邃的眼瞳。

「夫君……眞的是夫君！」織女再也忍不住內心的激動，用力地一把環住牛郎的背，「爲什麼夫君你會下凡來此？夫君你是特地來見妾身的嗎？」

原本見到織女的動作，下意識差點要她放輕力道的一刻和蔚可可，在聽聞織女欣喜萬分地喊出那些話時，兩人卻是徹徹底底地呆住了。

這是怎麼回事？爲什麼織女會表現得像是在人間第一次見到牛郎的樣子？

「宮一刻，織女大人……」蔚可可著急地拉著一刻的手。

「該死，別問我！」一刻比誰都還想知道這是怎麼一回事。他還記得織女當時不敢置信又傷心欲絕的神情。他咬緊牙根，一個最糟的猜想在心裡浮現。

牛郎又何嘗沒發現到織女的異樣，他忍著背後傳來的疼痛，不讓臉上洩露出一絲難受。

他伸手輕撫著織女柔滑的髮絲，柔聲問：「織女，妳還記得昏迷前發生了什麼事嗎？」

「昏迷？」織女仰起小臉，臉上是滿滿的困惑，「妾身不是睡個覺剛醒嗎？因爲妾身不想打擾莉奈和金毛，才跑回來睡午覺……啊，夫君應該還不知道，莉奈是妾身部下三號的堂姊，金毛則叫作江言一，暗戀著莉奈。」

織女頓了頓，轉頭望著一刻，「一刻，你大掃除掃完了嗎？」

一刻的聲音像被割去，他張著嘴，卻說不出話來。他當然還記得織女口中所說的事，但是、但是……那些全都是五天前發生的，是在織女聽見他與喜鵲爭吵之前發生的！

「不會吧……」蔚可可望著織女比誰都困惑的小臉，她茫然地搖搖頭，脫力般往身後的椅子一屁股坐了下去。

「怎麼了？你們兩個是怎麼回事？」織女鬆開抓著牛郎的手，白嫩的臉蛋上也忍不住閃過一絲不安，隱隱察覺到有哪裡不對勁。

像是要掩蓋心中滋生的不安，織女東張西望地尋找另一抹熟悉的影子。

「喜鵲呢？妾身怎麼沒看見喜鵲？喜鵲！喜鵲！」

然而不論織女呼喊幾次，那抹總是不離她身邊的巴掌大身影，依舊沒有出現在她眼前。

不安的感覺越擴越大，織女揪著衣領，逐一環視眼前三張如同在壓抑某種情緒的臉孔，胸腔裡的心臟不由自主地越跳越快。

他們在隱瞞什麼？她睡著的這段時間究竟發生了什麼事？

「妾身要知道……妾身要知道究竟怎麼了？快告訴妾身啊，部下三號！」織女再也忍不住心底的焦灼，她揚高聲音地喊著。

一刻卻不知道能告訴這名明顯忘了一切的小女孩什麼。

說喜鵲私自撕了她的信？說喜鵲和他為了牛郎究竟有沒有背叛她而大吵一架？

光是回想那些話，一刻就有種想痛揍自己一拳的衝動。牛郎認為織女失蹤是他的錯，可是一刻一直認為眞正錯的人是自己才對！

如果當時他更加謹慎，不讓織女聽見他與喜鵲的爭吵，那麼事情一定不會演變至此。

眼見白髮少年死抿著唇，就是不肯吐出一個字，織女那雙大眼繼續往蔚可可身上望去。

可是，似乎曉得自己藏不住話，鬈髮女孩乾脆就用兩隻手掌摀著自己的嘴，大力地朝織女搖搖頭。

織女不敢相信他們兩人什麼話也不願對她說，她眼中閃過一瞬受傷的情緒。

乍見那絲受傷之色，一刻的心臟像是被人緊捏了一下，幾乎要忍不住開口了，但來到舌尖的話最終還是硬生生地吞了下去。

「爲何……爲何不願告訴妾身……」兩名年輕神使的反應，讓織女愈發肯定他們有事瞞著自己。她咬著唇，轉頭望向牛郎，她飛奔了過去，小手用力地抓住對方的西裝外套，「夫君、夫君，你會告訴妾身的對不對？夫君！」

那聲隱含一絲泣音的「夫君」，讓牛郎的心絞痛了起來，腦海內再次浮起那張流下血淚的淒絕小臉。

「織女，我……」牛郎伸手輕撫織女臉頰，但他才吐出了三個字，就被另一道聲音打斷。

「妳就那麼想知道嗎？」說話的人赫然是一刻。

白髮少年繃著臉、下頷收緊，黑瞳尖銳地直盯著回過頭的織女，全身上下散發出一種「聽了就別後悔」的決絕氣勢。

蔚可可大吃一驚，難以相信一刻居然要主動說明。她慌慌張張地放下手，想阻止一刻的行爲。

因爲那些眞相……只會帶給織女大人傷害啊！

但是蔚可可的聲音還來不及喊出口，織女就已義無反顧地點頭了。

於是一刻面無表情地開口了，「妳吃到過期的布丁，又是發燒又是拉肚子，整整躺了五天才清醒過來。」

——啊咧？蔚可可張著嘴巴，本來要喊出的話頓時卡住，她目瞪口呆地看著依舊面無表情的一刻。

目瞪口呆的人不單是蔚可可，還有織女。

細眉大眼的小女孩睜大眼，嘴巴張成O字形，傻愣愣地瞪著一刻直瞧，彷彿一時之間沒辦法接受自己聽見的事情。

牛郎則是難掩訝異地望向一刻，隨後他的眼神從訝異變成了感激。

裝作沒看見牛郎的感激眼神，一刻以硬邦邦的聲音又說：「就叫某個小鬼別亂拿冰箱裡的東西來吃了，拿了也不看清楚，弄得自己上吐下瀉不說，發燒時還死抓著別人的手不放。」

「什——才、才不可能有這種事！這麼遜的事怎麼可能會發生在妾身身上！」織女大驚失色地跳起，她握緊小拳頭，臉蛋因激動而漲紅，「妾身才不會又拿過期的布丁來吃，更不會死抓別人的手不肯放開！妾身可是堂堂的織女大人，才不是需要人陪的三歲孩童！」

「就算不是三歲，現在也只是一個沒胸沒屁股的小蘿莉。」一刻冷酷地給予最後攻擊。

織女摸摸自己的胸，再摸摸自己的屁股，她大受打擊地一頭埋進牛郎的懷抱裡。

「居然……妾身是如此屈辱……」織女不甘心地咬牙說著。

「即使妳沒胸沒屁股，我對妳的愛也不會改變的，織女。」牛郎撫摸著那頭筆直滑順的烏黑髮絲，眼底盡是寵溺。

「眞的？沒有騙妾身？」織女仰起臉，黑眸燦亮。

「眞的，在我眼中，妳永遠是最美麗的，誰也無法勝過我最心愛的妻子。」牛郎露出無比溫柔的笑顏。

望著這一幕的蔚可可頓覺鬆了一大口氣，她不禁深深佩服起一刻的急中生智，暫時先矇騙過織女了。

「宮一刻，你眞的太厲害了，竟然有辦法先想到這樣的理由。」蔚可可靠近一刻身邊，壓低聲音說，「我對你刮目相看了耶。」

「用不著。」一刻也放鬆緊繃的身體，「反正這事之前眞的發生過，只不過是躺三天，所以那丫頭才沒特別懷疑。」

「咦？」之前也發生過？蔚可可一愣，視線轉向正在向牛郎撒嬌的織女，「這個……還眞想不到織女大人會拿過期的布丁吃耶……」

「那丫頭只要看到布丁，就什麼東西都看不見了。總之，事情先這樣混過去，喜鵲的話，我會說她和我吵架，結果一怒之下跑出去了。」一刻壓低聲音說，「蔚可可，記得跟妳哥那邊

的牛郎織女，她倏地掩著嘴角，賊兮兮地竊笑起來，「呼呼，我知道了，你也在嫉妒別人成雙成對，自己卻是孤家寡人，對不對？」

「別傻了，蔚可可。」一刻面無表情，「我是怕我忍不住打電話報警。眼前那兩個，怎麼看他媽的都像是有戀童癖要對小蘿莉意圖不軌吧。」

「咳！咳咳咳！」蔚可可瞬間被自己的口水嗆住，她再望向前方的西裝男子和黑髮小女孩，然後她悲哀地發現到，被一刻這麼一說後，她忽然也越看越這麼覺得了。

外表二十六、七歲的牛郎先生捧著織女大人的臉，親吻著她的額頭、鼻尖……

「宮、宮一刻，我們快出去吧，我們快點出去吧！不然我怕我也想要報警了啊！」蔚可可哭喪著臉，用力地推著一刻的肩膀，也不管自己的這句哀叫有沒有被當事者聽見。

一踏出房外，蔚可可就動作迅速地關上門，將房內、房外隔成兩個世界。

就算內心明白牛郎和織女的真正年齡，然而視覺上怎麼看，兩人的外表年齡差距著實還是讓人太衝擊了一點。

「可惡……宮一刻你不特別說，我本來還不會發現的……」蔚可可靠著門板，拍拍胸口，有些哀怨地瞥了一刻一眼。

「干我屁事。」一刻聳著肩膀走下樓，壓根懶得理會蔚可可的抗議，「下來吃飯，不是有

人說要留下來蹭飯的嗎？」

「哇！宮一刻你一點也不可惡了，是個大好人！」一聽見吃飯，蔚可可馬上回復精神。她迅速地追上一刻，緊接著更注意到一樓的門鈴響起，「是門鈴的聲音，你們家有客人耶。我來開、我來開，我來幫你們看是誰！」

「喂，蔚可可……」一刻來不及喊住那抹蹦跳的身影，他受不了地嘆了口氣，但嘴角也掛上了一絲笑意。

「小一刻，有客人嗎？」同樣聽見門鈴響的宮莉奈也從廚房探出頭。

「我這就要來看了，莉奈姊，妳繼續忙吧。」一刻將那顆腦袋推了回去，同時欣慰自己的堂姊沒有弄得一身狼狽，廚房內也沒有飄出什麼嚇死人的可怕焦味。一刻對上了廚房裡另一人的視線，他回給江言一一記嘉獎的目光，心中再度替他加分。

江言一無聲地點點頭，似乎明白自己的地位在未來小舅子的心中又更鞏固了些。

「蔚可可，妳先給我看是誰再開門！」一刻朝已經跑到門前的嬌小身影喊道。

「明白啦！」蔚可可活力十足地回答，但是手同時也沒有多想地就伸了出去，直接解開大門的門鎖。

「靠！妳明白個蛋啊！」一刻惱怒地加快步伐。

現在治安那麼差，誰知道會不會有人趁開門時衝進來搶劫，如果真的是強盜，鐵定揍給他死！

在蔚可可毫無防備地拉開大門的剎那，一刻也順手抽了玄關傘筒內的一柄雨傘。

當門外來訪的人影完全顯現在兩人面前時，蔚可可的笑容登時凍住，一刻則是愣了愣，握著雨傘柄的手指放鬆。

佇立在門外的，是個身形挺拔的高個子少年，一身湖水色制服，俊秀的面孔冷冰冰地板著，一雙眼睛更是堅冷嚴肅。

「打擾了，宮一刻，我相信你手上的雨傘並不是想要攻擊我。」蔚商白先是向玄關內側的一刻打了聲招呼，臉色稍緩，但在看向僵在門口處的蔚可可時，他整張臉又繃了起來，「蔚可可，妳很大的膽子嘛。」

「噫！哥……哥……」蔚可可刷白一張可愛的臉，全身打哆嗦，如同看見什麼可怕之物。

不對，不是如同，而是眞的看見了超可怕的東西。

在蔚可可眼中，此刻一身風雨欲來之勢的兄長，根本就是恐怖大魔王的化身。

「等一下，現在是怎麼回事？蔚可可她做了什麼蠢事不成？」明眼人一看就知道事情不對勁，一刻皺著眉，將雨傘塞回傘筒內，大步走上前。

「我才要說等一下，爲什麼就一定認爲我做了蠢事……對不起，我什麼都沒說，我保持安靜。」在蔚商白一記冰冷的瞥視下，蔚可可立刻閉上嘴巴。她縮著脖子，躡手躡腳地想要躲到一刻背後，可是有隻修長的手按住了她的肩膀。

「蔚可可。」蔚商白按著自家妹妹的肩膀，沉聲說道，「妳確定妳不解釋一下嗎？關於曼芳主任打電話給我，說沒在補習班看見妳的事。」

「什麼？曼芳主任還打電話給你？我明明有先打去補習班，說我今天有事請……」在兄長森寒的注視下，蔚可可的聲音越變越小。

一刻終於弄清楚蔚可可放學後那一連串的反常行爲是怎麼回事了。靠么咧，原來這傢伙居然瞞著她哥蹺掉補習班的課！

「我說錯了，蔚可可，妳沒做什麼蠢事。」一刻嚴肅地拍拍對方另一邊肩，「妳根本就是做了超級蠢的事。我家玄關借你們吧，別弄出人命就行。對了，妳哥看起來非常想宰了妳。」

「不是看起來，他根本是眞的要把我……慢著，宮一刻！你不能對可愛的女孩子見死不救！你不救的話，我哥眞的會把我宰掉啊——」

一刻用兩根手指堵住耳朵，決定通知家裡其他人，接下來聽見什麼聲音都毋須大驚小怪，那只是某對兄妹在進行溝通而已。

——他絕對不會承認，自己是在趁機報被拖下水當擋箭牌之仇。

第四針

蔚可可最後當然沒有眞的被蔚商白宰了。

在發現自家老哥不止想搬出三角函數，還想用進階版微積分對她進行一小時的轟炸之後，她馬上啓動爆發力，如脫兔般衝向一刻，巴著他的腰不放，還不忘擺出最淚眼汪汪的表情，死命央求一刻今晚一定要到他們家住，否則她回家後眞的會被她哥用不人道的方式虐待。

「拜託你了，宮一刻，這是我一生一世的請求！你都不知道我哥買了多少版本的練習講義要給我用……而且你之前本來就答應過要來我們家玩的，你不能再爽約了！」

面對蔚可可當時那張悲憤交加的控訴表情，一刻頓時認輸地敗下陣來。他沒有忘記自己曾答應過的事，他之前的確答應到蔚可可他們家過夜，只不過接連發生了引路人事件、織女失蹤的事，過夜之事自然而然便被擱著了。

如今再度被提起，一刻也不囉嗦，向宮莉奈報備過後，便照蔚可可的期望履行約定；同時，他也想和蔚商白商量一些事。

這也就是爲何在晚間九點多時，一刻會待在蔚商白和蔚可可位於潭雅市的租屋裡的原因。

蔚氏兄妹成爲利英高中的交換學生，但若每天通勤往返湖水鎭與潭雅市，勢必會花上許多時間，因此蔚氏夫婦乾脆將自己的一雙兒女委由住在潭雅市的親戚暫時照顧。

正巧那名親戚名下有幢屋子，一樓雖是租人開設便利商店，但二、三、四樓都是專門出租給學生的雅房，而三樓剛好空著，四間房間都無人入住，便將其中兩間提供給蔚商白和蔚可可這對兄妹使用。

雖然房間面積不算大，但因爲三樓沒有房客，所以不論是公共客廳、冰箱、浴室，都變成他們兩人獨享。

才剛踏進三樓的客廳不久，蔚商白就板著一張臉，先趕蔚可可去洗澡。

蔚可可立刻想要哇哇叫，她原本打算先拖著一刻看一輪恐怖片再說的，不過一對上兄長嚴厲的眼神，她也只能心不甘情不願地癟著嘴，抱著衣服和臉盆乖乖地先到浴室，沿路還可以聽見她不停地咕噥著：「我哥是魔王……我哥是討厭鬼……」

蔚商白早就習慣對這些抱怨充耳不聞，他朝一刻示意，要他先到自己房裡來。

蔚商白的房間沒有這年紀男孩會有的凌亂，乾淨整齊得簡直像間樣品屋。

一刻打量了半晌，最後覺得無趣地彈了下舌，「蔚商白，你房間看起來有夠無聊的。」

「你待會可以到可可房間見識一下什麼叫作『精彩』。」蔚商白不以爲然地說。

一刻皺緊眉，立即嫌惡地搖著頭。他又不是沒聽說過蔚可可也有亂丟東西的毛病，他在家已經每天要面對宮莉奈製造出來的髒亂，一點也不想在外還得面對另一間像被轟炸過的房間。

「明智的決定。你先隨便坐，我有東西給你看，我猜可可已忍不住跑去找你吐苦水了。」

蔚商白像是要避免聲音外洩般關上門後，便從抽屜內翻找出東西。

原本一刻還不明白蔚商白想拿什給他看，可是在聽見蔚商白的後半句話，他頓時就想到了蔚可可口中的「跟蹤狂」。

「難不成那個跟蹤狂其實還寄了什麼過來？」一刻的反應快，馬上從隻字片語中推敲出一些端倪，「但蔚可可那丫頭只說有簡訊……你擋下來了？」

蔚商白沒回答這兩個問題，他用行動說明一切。

當一刻看見面前的高個子少年拿出五、六封信，以及一個不知裝了什麼的小袋子後，他低咒一聲，沒想到那名跟蹤狂真的還搞了其他手段。

「那袋子裡裝的是什麼，不是什麼噁心的東西吧？」話一出口，一刻在心中就先否定了。如果真是什麼噁心的物品，蔚商白也不可能會放在抽屜裡。

「以物理上來說，都是相當普通的東西。但從心理層面來說，我個人認爲它們的最佳歸宿是垃圾車，只可惜暫時還無法將它們處理掉。」蔚商白將袋內的東西倒了出來。

桌面一小角很快就被一片粉紅色佔領。

一刻詫異地看著那些他曾見過的東西——粉紅色的護身符，上頭還以紅線繡了「愛情符」三個字。

沒錯，他今天下午才在據說是他們實習老師的男人身上見到。

「見鬼了，這東西有什麼含意嗎？」一刻皺著眉拿起一個端詳，看不出哪裡特別，「爲什麼要寄一堆過來？」

「愛情符，你沒聽說過？」蔚商白瞥了他一眼，「最近在利英不知爲何開始流行起來，聽說能幫人實現戀愛。做法是自己持有一個，送給喜歡的人一個。如果隨意丟棄，則會遭到不幸。」

「……你確定你說的是愛情符，不是詛咒符？」一刻咋著舌，將愛情符放回桌上，他還是第一次知道這種東西的存在。

「有人說過，愛情有時也和詛咒差不多。」蔚商白淡淡地說。

「這麼有哲理的話是誰告訴你的？」一刻忍不住挑起眉，沒想到會從蔚商白口中聽見和他一點也不相符的話。

「可可。」蔚商白簡潔回答。

「我突然又覺得一點也不哲理了……」一刻嘀咕，改伸手探向那些已經拆封的信。

「那些信讓人很不舒服。」蔚商白事先做出警告。

「反正頂多是簡訊的加強版本，總不可能寫出什麼十八禁幻想吧？」一刻毫不在意地將其中一封抽了出來，想看看那名跟蹤狂究竟又寫了什麼給蔚可可。

信件內容是用列印的，完全無法由字跡猜測對方的個性。

一刻看的那封信並沒有什麼過分熱情或是下流低級的字眼，整體看來甚至可稱得上普通，顯然難以和蔚商白所說的「不舒服」聯想在一起。

可是，一刻就是覺得有種奇異的違和感。他眉頭皺得更緊，從頭到尾又將信看了一遍。信中只是敘述著對蔚可可的思念，還稱讚蔚可可吃零食的模樣很可愛。

……慢著！一刻倏然睜大眼，他終於找到是哪邊讓他感覺不對勁。

對方除了稱讚蔚可可吃零食的模樣讓他感到可愛，還仔細地描述出她吃的零食。

「喂，這是眞的嗎？」一刻不敢置信地問，「這傢伙寫的眞的都是她吃過的東西嗎？」

「有幾種我不清楚，但大部分在這幾天確實都曾看過。」蔚商白繃著臉，表情陰沉。

一刻頓時明白蔚商白說的「不舒服」是什麼意思。

如果有不認識的人在暗處觀察自己吃的東西，還特別一一記錄下來，一般人都會覺得噁心或毛骨悚然吧？

一刻咒罵了一聲髒話，隨即似乎想到什麼，迅速又問道：「所以那傢伙偷窺？不然怎麼有辦法知道？」

「不可能。」蔚商白卻是果斷否決，「可可的房間沒有對外窗，除非那傢伙有透視能力，否則不可能看得到。」

「馬的，那他到底怎麼知道的？」一刻煩躁地抓亂頭髮。他瞥了一眼剩下的那幾封信，最後還是全將它們讀了一遍。

當六封信全都讀完後，一刻的臉色已趨近於鐵青。怪不得蔚商白要將這些信攔下來，要是被蔚可可看見了還得了？

別說是吃了哪些零食，對方連她晚餐吃了什麼、去了什麼地方、生理期是否來了，全都寫進信裡面！

「幹！這傢伙根本就是變態吧！」一刻忍無可忍地正想扔下信，沒想到原本掩上的房門在同一時間被人推了開來。

「哥、哥，我的回條你簽好名了沒有？」洗完澡的蔚可可闖了進來，渾身散發著淡淡香氣和熱氣，雙頰還紅撲撲的。

發現蔚商白和一刻像是受到驚嚇般地瞪著她，她狐疑地盯了回去，「你們兩個在做什麼？該不會偷偷在說我的壞話吧？」

「那種事顯然不須要偷偷說。」蔚商白上前一步，居高臨下地俯視著貿然闖入的妹妹，「可可，我說過什麼了？進房間前要先敲門，難道我沒有告訴過妳嗎？」

「欸，有是有啦……」蔚可可心虛地後退一步，不敢對上兄長嚴厲的目光。

趁這時候，一刻馬上將及時藏在背後的那些信紙，迅速往身旁的床鋪枕頭下塞去。

沒發覺一刻的小動作，蔚可可還在拚命想方法逃過兄長的訓斥，萬一連她蹺掉補習班的事都拿出來一併訓，那恐怕就真的一發不可收拾了。

「可可，妳想到要向我解釋的理由了嗎？」

「我正在想……不、不是！我絕對沒有想要怎麼唬爛過……」蔚可可的視線忽地被桌上的粉紅色吸引住，她吃驚地指著那些護身符大叫出聲，「愛情符？哥，你怎麼會有……唔哇！不會吧？該不會通通是女生送給你的？」

一刻暗罵自己大意，記得收信，卻忘了連那些愛情符一併藏起來。

「不管是不是，都和妳沒關。」蔚商白乾脆沉下一張臉，不讓自己的妹妹再多問下去。

「小氣，問一下又不會少塊肉。」蔚可可噘嘴抱怨。不過，她顯然對兄長的戀愛沒什麼八卦之心，嘀咕了幾句後，便把這事拋到一旁，改將注意力放在她來這兒的目的，「哥，我給你的班遊回條你簽好名了沒？阿然老師已經在催了啦。」

「班遊回條？那又是什麼鬼？」對這個忽然冒出的詞彙，一刻不由得納悶地問。殊不知這一問，不單是蔚可可目瞪口呆地望著他，就連蔚商白也難掩一臉驚訝。

這對兄妹的表情看起來就好像他問這個問題有多麼不應該、多麼十惡不赦。

「操，到底是怎樣？老子不知道不可以嗎？」一刻被盯得惱羞成怒，惡狠狠地反瞪回去。

「不知道？宮一刻你怎麼可以不知道？」蔚可可早就能分辨他是不是真的在生氣，她震驚地指著他的鼻子嚷道，圓圓的眼睛瞪得更圓、更大，「那可是我們班和八班一起舉辦的聯合班遊，阿然老師負責帶隊，兩天一夜的聯合班遊耶！」

「就算十班聯合也不干我的事！」被蔚可可大呼小叫地一指責，一刻也火大了，他絕對不會承認自己上課都在睡覺或心煩著織女的事情，所以才壓根不曉得自己班要和八班辦聯合班遊。

嗯？八班？等一下，八班不就是……

「所以你真的不知道？」蔚商白插話了，「但我以為你會去。」

「去個鳥，我連有什麼回條都不知道了。」一刻翻著白眼，「而且我去不去和你有關係嗎？」

「吼！因為我哥以為你會去，所以他也決定跟著去了啦！」蔚可可雙手扠腰，鏗鏘有力地喊道。

「二年級的可以去嗎？不是說六班和八班的班遊？」一刻反射性問道，但立即想到不該糾結這件事，他有更重要的問題要弄清楚，「那種事先不管。比起那個，我更想知道為什麼你們兩個都篤定我會參加班遊？喂喂喂，那種活動我從來不參加的，有那種閒工夫，我還寧願留在家裡大掃除。」

「你問我們……」蔚可可和兄長對視一眼，再仔細盯著一刻，確定他是真的沒有想參加的意思。她想了想，隨後小心翼翼地開口，「宮一刻，你該不會不知道……小染和阿冉已經替你報名了？」

一刻愣住，一時彷彿無法理解她在說什麼，緊接著只見他捏緊拳頭，肩膀微微發抖。

蔚可可直覺感到危險，馬上用雙手摀住耳朵，事後證實她的預防措施是對的。

下一秒，白髮少年暴跳如雷地大罵出聲，「我操他的○○XX！蘇染和蘇冉那兩個王八蛋居然給老子玩這招！幹！怪不得我連回條都沒看到……先斬後奏也斬過頭了吧！」

「宮一刻，你眞的不參加嗎？難得有這種聯合班遊耶。」蔚可可放下手，毫不掩飾自己露骨的失望，「而且我和我哥之後也要回湖水鎭了……」

一刻嚥下原先想喊出的否定回答，他收緊下巴，看著自己的這對朋友。蔚商白身上的湖水色制服再明顯不過地彰示出他並非利英高中的學生。

因爲一起行動、一起出任務、一起消滅瘴，一刻幾乎都要忘了，他們兩人是來自湖水高中的交換學生，不久後就會回去原來的學校了。

一刻一屁股坐在床沿，大力地耙抓著自己的白髮，有些心浮氣躁。

「去嘛去嘛，宮一刻你也參加嘛。」蔚可可不死心地纏著一刻。

「可可，別強迫人。」蔚商白沉聲警告。

「可是，哥……」蔚可可一臉不開心的表情。

「搞什麼？誰沒事挑這種時間辦什麼班遊……」一刻用力地交握著雙手再放開，他搖搖頭，終於還是給出一個否定的答案，「不，我不去。」

假使不是被兄長用眼神警告，蔚可可一定會難以接受地哇哇叫了起來。可即使如此，她那張甜美的臉蛋還是失了光采，彷彿連鬈翹的髮絲都沒了精神，喪氣地垂下。

「我……」一刻垂下眼，「擔心織女那丫頭，她剛醒來……」

「妾身剛醒來又怎樣了？」稚氣清脆的童聲猛然在房內響起。

一刻錯愕地抬起頭，從另外兩人的神情看來，可以證實他並非產生幻聽。

下一剎那，房內三人飛快朝著聲音來源處轉過頭。

出現在一刻和蔚可可臉上的是瞠目結舌的表情；蔚商白看起來雖然鎮靜多了，眼內仍舊洩露出一抹動搖。

就在窗戶外，一名穿著滾邊洋裝的小女孩正雙手扠腰地站在那兒，白嫩精緻的小臉上，盡是傲氣十足的神采。

「織……織女!?」一刻大驚失色地站了起來，像是沒辦法相信對方怎會出現在這兒，「妳怎麼……我靠！妳就這樣光明正大地給我站在窗外嗎？還不快點進來！」

思及他們位於三樓，窗戶底下還是人車不時會經過的街道，一刻當下黑了臉，暫時先不管織女為什麼會跑來這裡，他馬上一個箭步衝上前，長臂一撈，想把那名渾然不覺浮立在空中有什麼驚人的小蘿莉給抓進來。

開什麼玩笑，萬一有人剛好抬起頭或是打開窗戶向外看，鐵定會惹出一堆騷動和麻煩！

只是，正當一刻成功地撈過織女的腰，準備將人拉進來時，他不經意向下一看，眼內赫然映出另一雙攀著窗簷的手。

而那對手臂擁有者的男子，也正好仰起頭，朝他親切一笑。

「晚安，一刻，抱歉這時候打擾你們了。」

不管對方的笑容再怎麼優雅、有魅力，也不管對方長得多麼俊美非凡，在毫無防備下，忽然見到個男人攀掛在三樓外，還向自己打招呼，都會受到莫大的衝擊與驚嚇。

「幹幹幹！這三小！」一刻幾乎慘叫地爆出髒話，抱著織女跌撞地退向後方。

蔚商白和蔚可可想也不想，手背至中指間轉眼浮現神紋，各自的武器立刻抓握手中。

蔚商白手持雙劍，氣勢凌厲；蔚可可架起彎弓，碧綠光箭蓄勢待發。

被一刻猝然抓到房內的織女一時有些暈頭轉向，等她發現淨湖守護神的兩名神使都是一副備戰姿態，連忙掙脫腰間的手臂，急急地跳下地。

「等等！等等！」織女奮力地揮動小手臂，「妾身叫你們等一下啊！」

「如果你們不等一下，我身上可能會多出好幾個洞了哪。」另一道年輕男聲隨即接在後方響起。

這獨特低滑的嗓音讓蔚可可一愣，指尖抓著的箭尾也跟著消失，她還記得這個聲音。

蔚商白卻是在見到一名西裝男子輕巧地躍上窗台，還不忘脫鞋再踩進後，這才隱去了兩把烙有碧紋的長劍，他對那張臉還有印象。

——那名男子是牛郎。

「夫君！」織女三步併作兩步地撲上前，小胳膊親親熱熱地攀著牛郎。

「抱歉，我們的來訪打擾到你們了。」牛郎將自己個子嬌小的妻子一把抱起，讓對方穩穩地待在自己的懷抱裡，彷彿捨不得她離開自己身邊一步。他低下頭，真誠地向一刻等人表示歉意，「但是織女希望能給你們帶來驚喜。請放心，一般人看不見我們剛剛在外的身影。」

「什麼驚喜，驚嚇還差不多……」一刻吐槽，裝作沒看見牛郎寵溺地望著織女的眼神，那畫面還是怎麼看都令他想到心懷不軌的戀童癖和不知世事的小蘿莉。再看下去，他怕他會無意識抓起手機報警。

蔚可可在一旁也苦著臉，還可以隱約聽見她在喃唸著「那只是很正常的夫妻，那不是戀童癖」，顯然也正很努力地想要催眠自己。

相較之下，蔚商白的態度一如往常地冷靜沉著，好似眼前的畫面對他而言沒有任何異常。

「織女，你們兩個跑來這做什麼？」一刻暗暗佩服蔚商白的鋼鐵神經，這傢伙幾乎不會露出受到動搖的一面，「妳是忘記妳剛醒不久嗎？」

「那還用說嗎？妾身當然是來參觀一下阿白和可可住的地方嘛。」織女抬起小巧的下巴，理所當然地說道：「其他人的家妾身都看過了，要看一點新的才行。」

「靠，說得別人家好像什麼觀光景點一樣。」一刻白了織女一眼，「行了，看完就快回去。回去、回去，小鬼九點就該上床睡覺。」

「太失禮了，一刻。」似乎對一刻不耐煩揮趕的舉動相當不滿，織女揚高細眉，睜圓一雙黑亮的眼睛，「妾身有件事一直很想說，你眞的把妾身視爲乳臭未乾的小鬼頭嗎？妾身說過多少次了，妾身不但年紀比你們大上許多，在天界還是備受稱讚的大美──」

「閉嘴，洗衣板蘿莉。」一刻用比往常更加冷酷的聲音說。

「洗──洗衣板!?」織女長長地抽了口氣，隨即跳下牛郎的懷抱、氣急敗壞地跑至一刻面前扠腰挺胸，眼內像燃上兩簇火焰，「太過分了！你有見過這麼可愛的洗衣板嗎？啊？哪有這麼可愛的洗衣板！」

一刻瞬間脫力，「……靠杯，只有我覺得這丫頭的重點完全搞錯嗎？」

蔚氏兄妹難得有默契地一致搖頭，表示他並不寂寞。

「夫君，妾身有說錯什麼嗎？」織女狐疑地回頭望向自己的丈夫。

「沒有，妳一直都是最可愛的沒錯。」牛郎溫柔微笑。

一刻連吐槽「這裡還有一個重點搞錯的傢伙」的力氣都懶了。

聽牛郎這麼說，織女又是信心滿滿地轉回頭。

「聽好了，部下三號。」明明是她要仰著頭看人，但她就是有辦法做到氣勢像是在俯視著人似地，「妾身可以寬宏大量地原諒你的無禮，可是相對地，你必須參加那什麼聯合班遊。這是妾身的命令，你的選擇只有去和一定去兩種！」

「去妳媽啦去！那怎麼算都是只有一種選擇而已吧？」一刻大怒，「妳到底知不知道我是爲什麼不——！」

一刻硬生生咬住剩下的字，他繃著一張臉，不願當面坦承他對織女的擔心。如果那小鬼知道自己擔心她，恐怕會得意到連尾巴都翹起來了。

織女卻又怎會看不出一刻的心思，她畢竟不是眞的年幼孩童，只是她的外表總會讓人忘記這一點。她伸手拉拉一刻的衣襬，要他蹲下來，等到對方照做之後，她兩隻小手無預警地拍上他的臉頰。

啪！

「一刻，你眞是個笨蛋哪。」外貌稚幼的神明說，「妾身哪有弱到需要你擔心？區區的過期布丁哪可能打敗得了妾身？」

「妳說那什麼傻話？妳……」根本就不是因爲什麼布丁而躺了那麼多天！一刻懊惱地閉上嘴巴，無法將這些話說出口。

「一刻，你眞的不用擔心。」牛郎走上前，大手搭著織女的肩，「織女有我照顧。」

——我不會再讓她受到任何傷害。

像是聽出牛郎的言下之意，一刻本來固執的表情終於出現一絲鬆動。

「一刻，你儘管放心去玩哪，家裡有妾身和夫君，絕對不會有問題的。而且喜鵲見你不在家，說不定就會氣消回來，不再與你嘔氣了。」見狀，織女趁勝追擊地勸說，「金毛那邊也會很開心有更多時間和莉奈相處。好了好了，你就去吧，是男人就不要拖拉，給妾身去！」

「囉嗦，我有說不去嗎？」一刻惡狠狠地瞪了織女一眼，不客氣地將她的腦袋推開。

「萬歲！太棒了！」蔚可可當下興奮地連聲歡呼，臉上重新亮起光芒。

「眞的太棒了呢，一刻。」織女揉揉額頭，朝一刻露出天眞無邪的笑容，「否則妾身待會兒就要和小染和阿冉說，你是不想跟他們一起出門玩，才不肯答應的唷。」

「媽啦，最好妳敢這樣和他們唬……」一刻猛然生起警覺，「給老子等等，待會兒？妳要打電話和他們說？」

「哎？當然不是打電話。」織女歪了一下小腦袋，「妾身沒說嗎？小染和阿冉也有跟著一塊來喔。」

「來哪裡？」一刻抱著最後一絲希望。

「這裡。」像是怕自己講得不夠清楚，織女還特地用手指指了指地板，「就是這裡呀。」

一刻張著嘴，說不出話來。

這時，蔚商白從旁邊伸來一隻手，搭上一刻的肩膀。

「宮一刻。」蔚商白平靜且平淡地說，「你那兩位朋友似乎來了。」

來了？在哪裡？一刻一時反應不過來，不解爲何蔚商白明明人在三樓，卻有辦法知道一樓有客人？難不成這傢伙眞有什麼超強的心電感應……

這個荒謬的想法才剛冒出，就像泡泡似地自動破碎。

「我操，不會吧……」一刻無力地摀著臉，幾乎想裝作沒看見眼前的景象。

在剛剛被織女、牛郎當作入口的窗子外，不知何時又各攀上一隻手。

「哇！」蔚可可睜大眼睛，興奮地看著在右邊的手先帶起屬於少女的身影，再看著左邊則是帶起了少年的身影。

少女和少年一前一後地從窗外俐落地躍進來，兩人的半邊臉是顯目的鮮紅花紋。

赫然是使用神力的蘇染和蘇冉。

「晚安，打擾了。」戴著眼鏡的藍眼少女有禮地向房內眾人打招呼。

「打擾了。」戴著耳機的藍眼少年也安靜地說。

不算大的房間，一口氣塞了七個人後，頓時變得格外擁擠。

看著若無其事、宛如只是順道拜訪而不是特意從三樓侵入的蘇染和蘇冉，一刻連質問他們怎麼也出現在這裡的力氣都沒了。

說實話，他其實不太想知道，總覺得會和跟蹤、跟蹤、跟蹤之類的字眼脫不了關係。

「我不介意你們拜訪，但我想我房間的窗戶並沒有寫著『大門』兩字。」蔚商白微皺了一下眉頭，淡淡地表達身為房間主人的意見。

「抱歉。」蘇染很乾脆地道了歉，雖然有點難以感受到那清冷的嗓音究竟含了幾分歉意，「我和蘇冉本來要在一樓按門鈴，但卻發現有鬼祟人影。」

「所以小染和阿冉就去追那個人了，才會比妾身和夫君晚過來。」織女插嘴說道：「那人看起來真的很可疑哪。」

「可疑？怎麼個可疑法？」一聽見「鬼祟人影」，一刻瞬間凌厲地瞇起眼，他飛快地和蔚商白交換一記眼神，心知彼此都想到了相同的事。

該不會——是那個跟蹤狂！

「他在翻你們家樓下的垃圾箱。」蘇染輕推眼鏡，藍眼冷靜犀利，「但一發現我們，就迅速跑了。」

「個子和你、我差不多，一百七十左右，穿著利英外套。」蘇冉靜靜補充，「動作很快，一下子就不見，也許藏進哪裡，感覺對這附近很熟。」

「利英外套？也就是說是我們學校的？他沒事翻垃圾箱做什麼？」一刻感到匪夷所思，他原先還以為可能是跟蹤狂嫌犯。

「啊！他該不會是想偷倒垃圾吧？」蔚可可低呼一聲，頓時氣惱地抱怨起來，「有些住附近的學生，會偷偷把垃圾丟到我們這兒的垃圾箱，有時候還會把垃圾灑出來，討厭死了。」

「看起來不是偷倒垃圾。」蘇染卻是否定了，她有條不紊地提出分析，「他抓著一小袋東西跑走，連垃圾箱的蓋子也沒關。如果是想偷倒，扔了就可以跑了，因此或許相反，他是在翻垃圾帶走。」

「帶那種東西能幹嘛？」一刻的眉毛打成結，無法明白那人在想什麼。

「關於翻垃圾，我大略將原因分成三類。」沒有直接回答一刻的問題，蘇染繼續說了下去，「一個是誤丟東西想找回來，但對方看起來太慌張，彷彿想避人耳目，不願被人發現，這不像要找誤丟東西的反應，所以排除。」

「第二個是遊民。有的人會想從垃圾裡尋找有用的物品或食物，可是那人穿著我們學校的外套，褲子、鞋子也乾淨無破損，怎麼看都不像是遊民，本校學生的機率也許更高。所以這個原因也可以排除。」

「那第三個呢？第三個又是什麼？」織女被挑起興趣，連忙追問。

「第三個，是比較偏激的類別。」

蘇染的聲音還是一貫清冷，沒有特別起伏。

「有時候『垃圾』，其實代表一個人的生活痕跡：吃了什麼、做了什麼，才會留下這樣的垃圾。也就是說，從垃圾中可以觀察出一個人的日常生活，因此有人會藉著翻垃圾並帶回家研究，來推測出某人最近做過什麼事。一般人將這種人稱作爲——跟蹤狂。」

像是沒發現到房內的驟然降臨的死寂，蘇染摘下眼鏡，沒有受到鏡片遮掩的藍眼珠看起來更加銳利剔透。

這名藍眼少女開口說了，「雖然這屋子還有其他住戶，但我還是想問一下，你們有誰被跟蹤狂纏上了嗎？」

話聲剛落，有人同時也像失去支撐力般跌坐在床鋪上。

蔚可可大睜著一雙眼，俏臉蒼白。

第五針

那些被一刻藏起的信，最後還是被蔚可可發現了。

當她跌坐至床鋪上後，反而注意到枕頭下壓著的東西。

這次，一刻和蔚商白連阻止或奪信都來不及，只能眼睜睜看著她將其中一封信抽出來看。

看著信件內容的鬈髮女孩先是露出震驚的神色，接著漸漸轉爲驚恐，不敢置信的表情如同看到什麼可怕之物。

「這、這什麼……討厭！這是什麼啊！」蔚可可驚慌失措地將信扔開，彷彿多碰一秒，手指就會被灼傷似地。她顫抖著嘴唇，眼眶裡浮現出霧氣，然霧氣很快就凝結成淚水。

蔚可可抱頭蹲下，再也忍不住地嗚噎大叫道：「討厭！討厭！爲什麼我要碰上這種事？我不要……人家一點都不想要啊……」

「蔚……」一刻愣住，第一次見到總是朝氣十足的蔚可可情緒失控。他下意識地伸出手，但又不知該如何安慰對方。

蔚商白拍拍一刻的手，對他沉默地搖搖頭，隨後他走至蔚可可身邊蹲下，摸著她的頭，低聲說了什麼，像是在安撫著自己的妹妹。

蔚可可的雙肩發顫，埋起的臉不時發出吸鼻子的聲音和微弱的哽咽聲。

無論蔚可可再怎麼樂天開朗，仍只是個女孩子，被跟蹤、被人用簡訊、信件騷擾，還偷走垃圾，藉此研究她生活的這一串行爲，已經給她帶來莫大的壓力和反胃感，讓她難以承受。

「一刻。」織女拉著一刻的手，輕聲對他說，「你先和夫君、小染、阿冉到外面去。」

「但是……」一刻捏緊拳，抿緊唇，他知道自己待在這也幫不上什麼，但那種無能爲力的感覺卻又令他感到不甘。

就算平時總抱怨著蔚可可的吵鬧和無厘頭，可是一刻早已打從心底將她視爲重要的朋友。如同感受到一刻的情緒波動，他的手臂上倏地浮現出白蛇的影子。

下一刹那，白蛇脫離出他的皮膚，化成實體，在落地前又變化成一抹小男孩的身影。

「小鬼……理華？」一刻愕然地看著出現在眼前的銀髮小男孩。

之前耗去太多力量的理華，照理說還沒辦法恢復人形。

「一刻，小童的確尚未恢復，你看他的腳就知道了。」織女示意一刻低下頭。

原來理華的雙腳部分不但呈現半透明狀態，形體也沒完全凝固，似乎只要一點外力，就會脆弱地崩解開。

「你沒事跑出來幹嘛？還不回來？」一刻不禁心驚，趕緊嚴厲地低喝著，就怕理華出了什麼差錯。

然而銀髮藍眼的小男孩只是搖搖頭，他閉起眼，整具身體瞬間再度改變外形。

這次映入一刻眼內的，赫然是屬於女子的纖細身影——一樣的銀色髮絲，一樣是寶石般的藍眼睛。

一刻睜大眼，不明白理華怎會突然變成淨湖守護神的模樣。

變為女子外貌的理華走近抽泣的蔚可可身前，屈膝蹲了下來。

發現有陰影罩下的蔚可可下意識地抬起頭，她雙眸大睜，緊接著更多淚水從眼眶內滾落下來。

「理花大人……理花大人！」蔚可可激動地撲上前，用力地抱住五官溫柔的銀髮女子，如同受到委屈的孩童見到母親，放聲大哭了起來。

「太好了……」目睹此景的織女卻是大大鬆了一口氣，「虧小童能想到變為理花。」

「什麼？等一下，這樣到底哪裡好？蔚可可不是哭得更傷心了嗎？」一刻壓低聲音，不敢相信地質問道。

「所以一刻你一點也不懂女孩子，哭出來才不會憋在心裡哪。」織女用著「朽木不可雕」的眼神，同情地望著一刻，「雖然妾身知道粗神經也是你的另類優點，但偶爾還是纖細一點比較好唷。」

「織妳……」一刻的髒話還來不及完全罵出，他的左右臂膀就被人架住。

蘇氏姊弟合作無間地將自己最要好的朋友帶出房間，免得他失去理智，又跟織女吵了起來。

「阿白，你也出去。」織女走至蔚商白面前，稚氣的聲音自有種威凜，「這裡交給妾身和小童即可。」

「……可可就麻煩妳了，織女大人。」蔚商白低頭慎重請託。他明白縱使自己是蔚可可的兄長，但身為男性，在這種時候反倒難以讓她打開心房，盡情哭訴。

看了一眼抱著理華哭泣的蔚可可，蔚商白站起身，朝房外走出。

「織女，有什麼事喊我一聲，我去外面看著那些孩子。」還留在門口的牛郎溫柔地說。

「放心好了，夫君，你就相信妾身吧。」織女自信一笑，小臉上是炫目的光采。

牛郎也笑了，桃花眼瞇起，裡頭是掩不住的溫柔與對妻子的自豪。

將房門關上，留給織女等人一處獨立的空間後，牛郎在客廳裡發現一刻他們的身影。

幾名年輕孩子圍坐在長桌前，埋頭彷彿討論著什麼。

牛郎沒發出半點聲音走近，蘇冉卻抬起了頭。

留意到蘇冉的動作，以為他是聽到什麼「異常」聲音的一刻也抬起頭，見到的是出現在客廳裡的牛郎身影。

「他們……還好嗎？」一刻的目光不自覺地往房間的方向望去。

隔著走廊又隔著牆壁，很難聽見聲音，就連蔚可可的哭泣聲也漸漸消失。

「會好的，你可以相信織女。」牛郎肯定地說，「一刻，你們在做什麼嗎？」

「做什麼……我們在聽蘇染分析那名跟蹤狂。」一刻在提及「跟蹤狂」時，神情立即變得險惡。假使對方此刻出現在他面前，想必他會不客氣地將對方痛揍到不成人形。

「我個人的看法是，與其報警處理，不如我們自己行動。」蘇染舉起她剛在上面塗寫的白紙，清麗的面龐看似沒有特別情緒，但鏡片後的一雙藍眼比冰還森寒。

她同樣身為女性，絕對無法容忍跟蹤狂這種人，更遑論這事還發生在蔚可可——她朋友的身上。

牛郎走上前觀看，發現上頭已先列下目前所能掌握到的情報。他有些訝異，但更多的是佩服，他原先還擔心這群孩子會不會陷入低潮，沒想到他們竟直接採取行動，開始擬定計畫。

「有什麼需要幫忙的，請儘管說。」牛郎微笑說道：「對女性做出這樣的事，那人確實是目中無人得讓人有點火大呢。」

「你顧好織女那丫頭就夠了。」一刻瞥了掛著溫和微笑的牛郎一眼，哪會看不出那雙眼瞳深處的堅冷。恐怕他是將這樣的事投射到織女身上，設想起那畫面了，「還有……你背後的傷也順便顧一下。」

牛郎一怔，接著散化眼內的堅冷，再次深切感受到左柚曾對他說過的——

「牛郎先生，宮同學真的是……非常溫柔的人，如果他也……就太好了。」

是的，如果是這樣，就太好了。牛郎也忍不住這麼想著，直到他見到蔚商白忽然起身讓出一個空位。

「不用讓位給我沒關係。」他笑著搖搖頭說，「我的背也不適合……我去幫你們泡一壺茶吧。」

一刻看著牛郎直挺的背影消失在小廚房內。那人如果不主動說破，誰也不會想到在那件西裝底下，竟藏了多麼驚人的傷痕。

就算牛郎要他們不准說，但這樣下去……真的沒問題嗎？

「宮一刻。」蔚商白的聲音拉回一刻的注意力，「你有聽到蘇染的提議嗎？」

「提議？什麼提議？我們自己動手的那個嗎？」一刻皺著眉問，心中暗罵自己的分心。

「不是，是另一個。」蘇染伸手握住一刻的手。觀察力入微的她，輕易就能看出一刻心裡所想的事，「一刻，我們一件件事處理。牛郎先生背後的傷，既然他不希望我們讓織女知道，我們之後可以前往湖水鎮，詢問理花大人的意見。」

「理花大人一定會幫忙。」蔚商白也鄭重地保證。

一刻望了望身旁的三名好友，他深吸一口氣，迅速提振起精神。

沒錯，他們可以一件件處理，越急只會越慌了手腳。反正不管是蔚可可的事還是織女、牛郎的事，他絕對都要插手管到底！

「蘇染，妳先說一下妳對那個王八蛋的看法。」既然拋去猶豫，一刻立刻切入重點，眉宇之間毫不隱藏那份狠勁和銳利，「蘇冉做補充。」
「明白了。」蘇染說。
「也明白。」蘇冉也說。
即使一刻喊的兩個名字聽起來完全一樣，但外貌相像的蘇氏姊弟，就是有辦法分辨出他前後喊的分別是誰。
沒有任何遲疑，戴著眼鏡的長辮少女率先冷靜說道：「綜合一刻你和蔚商白的說法，跟蹤狂是利英學生的可能性相當高。那件外套、柳老師覺得自己被瞪，從這幾點都能更加證實這個看法。除此之外，今天體育課和我們共用操場的，除了十二班、一班，還有八班。」
「八班？那不就是蘇冉你們班……靠，你那時也在那裡？」一刻大吃一驚，他壓根沒注意到。況且按照慣例，蘇冉這小子應該會溜過來找他才對。
「可惜，蹺課。」蘇冉語氣遺憾地搖搖頭，「沒背下一刻的班表，不然一定不會。」
「你娘的，我拜託你不要背……」一刻無力地抹了把臉，發現蔚商白的眼內透出疑惑，他將蘇冉的話幫忙重新翻譯一遍，「這傢伙是說，他那節課剛好蹺課去了，所以人不在操場上。其他不重要的部分，你可以省略。」
「抗議，沒有不重要。」蘇冉嚴肅堅持。
「吵死了，誰管你那些三五四三啊！」一刻凶狠地瞪了蘇冉一眼，還送上一根中指。無視對方落寞的神情，他轉向蘇染催促，「還有呢，蘇染？」

「六班先刪除，我很肯定沒人敢做這件事。十二班、一班、八班，跟蹤狂在這三班的可能性很高。加上我們方才捕捉到的背影……」蘇染閉起眼又再次睜開，「嫌疑犯的範圍推測有五十多人，詳細名單給我兩天時間，我就可以做出來；這些人是否有交往對象，也能一併標列上去。」

看著蘇染篤定的模樣，一刻張張嘴，最後還是決定他一點也不想知道對方大腦內究竟裝了多少驚人的情報。

靠么，他的朋友越來越不像人了，怎麼辦？

「我依舊是貨眞價實的人類。一刻，你懷疑我會讓我傷心的。」蘇染彷彿一眼看穿一刻的想法，認眞無比地說。

「幹，妳都像會讀心了還敢說……算了，這不是重點。」一刻揮了下手，放棄糾結在這話題上，「嫌疑犯交給妳列出，我和蘇冉、蔚商白負責實際行動，看是要當保鑣、堵人、揍人，都由我們來做就行了。」

「我沒異議。」蔚商白頷首，「如果對方眞的也是學生，我有辦法讓學校不會懷疑揍人的事和我們有關；簡單說，湮滅證據和製造不在場證明我還算擅長……當糾察隊多少能學到一些東西。」

聽著原湖水高中的糾察隊大隊長輕描淡寫地說，一刻則是忍不住吹了聲口哨。

「這眞是太讚了，老子喜歡。」一刻咧出野蠻的笑，眼瞳熠亮，似乎已經忍不住地想要蠢蠢欲動。

「那麼，我會在後天整理出名單。」蘇染的唇邊浮現淺淺笑意。能再次見到好友這樣的笑容，令她感到由衷的欣喜。她感覺到蘇冉輕握她的手，她明白對方也是相同心思，「雖然星期六剛好有聯合班遊，沒辦法採取堵人、揍人的行動，但相對地，我們可以確認八班一部分人究竟有沒有嫌疑。無論有或沒有，都能再讓我們縮小鎖定範圍。」

一刻愣了一下，隨即反應過來。

聯合班遊是由他們六班和八班一起舉辦，這無疑是個近距離觀察八班男生的絕佳時機！

假使犯人眞是八班的一分子，他勢必不會放過蔚可可也參加班遊的這個機會；假使不是，他們也可以輕易地把八班成員排除在嫌疑名單外。

「以上，還有人有問題嗎？」蘇染摺起塗寫過的白紙，收進她隨身攜帶的黑色小冊子裡。

「蘇染、蘇冉，不要以爲我會忘記你們擅自替我報名的事。」一刻挑高眉梢，他之前不說不代表不追究，「不過……」

「我明白了，看樣子沒人有什麼問題。」

「喂，妳明顯就是忽略老子吧？總之，下次不准再給我弄這套！至於問題，是有一個沒錯……雖然跟我們的計畫沒太大關係。」
「一刻，請說。」
「所以妳剛剛果然是故意忽略……嘖，隨便啦。」一刻咋了下舌，「我想問的是，蘇染，眞有辦法從垃圾看出那麼多事嗎？而且垃圾箱的垃圾那麼多包，哪會知道是誰的啊？」
「我也想知道這一點。」蔚商白沉聲說。在蘇染提出那項看法之前，他從來沒想過那名跟蹤狂居然是靠這辦法來窺知自己妹妹的生活。
「這是個好問題。」蘇染俐落地闔上黑色小冊子，筆直地迎上兩人的目光，「蔚商白，你們是學生，能丟垃圾的時間主要集中在上學前或放學後，只要觀察個幾天，要鎖定你們下樓丟垃圾的時間並非難事。接著，趁你們前腳剛走，對方就可以把那包垃圾挖出來。」
「成功帶回垃圾後，裡面的許多東西都能提供訊息。例如吃剩的零食袋、飲料罐、撕開的包裝紙、丟棄的標籤……從這些，都可以大致推測出目標吃了什麼、買了什麼、去了什麼地方。尤其你們只有兩人住一起，更加容易判斷哪些垃圾是屬於誰的。最好的例子，就是生理期這件事。」
「那個王八蛋。」蔚商白的聲調沒有多大起伏，但語氣中卻滲出令人膽寒的森冷。
一刻同意那名跟蹤狂的確是王八蛋，還是該死的那種。只不過比起這件事，他忽然有件事更想知道。

「……蘇染。」白髮少年沉痛地說，「妳不覺得妳他媽的對這方面也太了解了嗎？」

容姿清麗的藍眼少女沉默。

「拜託妳別告訴我妳也有……」一刻還沒說完的話，猛然被一聲劇烈的開門聲給打斷。那聲音太過驚人，門板簡直像被人打到牆壁上再彈回來，整層三樓都被這聲音給撼動。就連待在廚房的牛郎也奔出來查看。

「怎麼了？發生什麼事了嗎？」牛郎的手裡還抓著茶壺，俊美的臉上滿是緊張。

沒人回答他這個問題。

客廳裡眾人都被驚得反射性站起，四雙眼整齊地望向跑出房間的纖細身影。

蔚可可捏緊拳頭，大力呼吸著，雖說雙眼有著哭過後的紅腫，但那張甜美的臉蛋上，怎麼看都不是傷心難過的表情。

「……蔚商白，我覺得你妹看起來殺氣騰騰，應該不是我的錯覺吧？」一刻喃喃地說。

「這表示顯然不是我一個人眼花。」蔚商白則是如此回答。

「我操，情緒會不會落差太大了……」一刻都快懷疑對方是不是被什麼附身了。

「沒有任何奇怪的東西附在蔚可可身上。」蘇染稍微移著眼鏡，給出了保證，「附帶一提，你剛問的那些事我沒做過，我只是研究過別人如何做而已。」

「我可以證實。」蘇冉摘了一邊耳機，「沒有怪異的聲音，蔚可可很正常。」

「還眞是謝謝你們的解說。」要不是眼下場合不對，一刻還眞想給自己的青梅竹馬各一記特大號的白眼。

可是，現在最重要的是蔚可可的情況。

她不是應該在房裡接受織女和理華的安慰，怎會突然殺氣騰騰地衝了出來？

一刻不由得想到最壞的方向。幹！織女那丫頭該不會是弄巧成拙了吧？

正當一刻內心滿是驚疑時，氣勢萬千地衝出房間的鬈髮女孩已深吸一口氣，下一秒——

「啊啊！人家受夠了！」蔚可可舉著拳頭朝空中揮舞，氣急敗壞地大叫道：「什麼跟蹤狂？我會怕你不成？有膽子就放馬過來啦！絕對把你射成刺蝟！不對，是用我的拳頭，親自把你扁成豬頭才可以！」

「說得太好了，可可！吾等女孩子就是要自立自強才對！」清脆的鼓掌聲贊同似地響起。

一刻瞧見織女和恢復小男孩樣貌的理華從房內走出，前者是對蔚可可的發言熱烈拍手，後者則是滿臉複雜。

一刻迅速地朝理華勾勾手指，「那丫頭是怎麼了？你們到底是安慰她什麼了？」

「不，吾……」理華苦惱地皺著清秀的小臉，「吾沒說什麼，是織女大人將她拉到角落，同她咬耳朵說了什麼，不肯讓吾聽見……然後，就這樣了。」

換句話說，連方才待在同房間內的理華也不知道。

「織女大人，太感謝妳了！如果不是妳，我也沒辦法醒悟過來！」蔚可可蹲下身，熱切地抓握著織女的手，隨即又站直身體，一腳踏上離她最近的椅子扶手上，「沒錯！雖然跟蹤狂和用流出腦漿的頭走路的鬼一樣討厭，可是啊，這些都稱不上眞正的可怕！因爲這個世界上最可怕的——」

蔚可可再次握緊拳頭。

「是我家老哥生氣的臉！」

除了織女拍手慶祝蔚可可戰勝對跟蹤狂的恐懼，客廳內在這一剎那間陷入了徹底的死寂。

片刻後——

「一刻大人，吾想吾還是先回你的身體裡休息好了。」

「蘇冉，我去幫牛郎先生泡茶，你到一樓商店買點零食上來。」

「明白，這就去。」

「呃，其實我茶泡得差不多了。你們不覺得織女的開導很棒嗎？我的妻子眞的是最……」

「牛郎先生，織女最近喜歡喝可可亞加小棉花糖，你另外泡一杯給她，她一定很高興。」

「蘇姑娘，非常感謝妳的告知，我立刻泡。」

於是不到半晌，客廳裡就只剩下四個人。

「蔚可可。」蔚商白毫無起伏的聲音冒出，「原來妳哥我這麼可怕嗎？」

「那還用說嗎？就算來一百隻瘴，都絕對沒有老哥你……」蔚可可倏地消音，她僵著背，慢慢放下腳，再慢慢轉過頭，「——噫！真的好可怕啊！」

「太好了，下次有一百隻瘴的話，妳就勤勞地把他們全部解決掉吧，可可。」

「什麼？不要、不要，那好可怕！」

「否則妳就得面臨我當妳的對手。」

「討厭！那更可怕！」

任憑一旁上演兄妹相殘的戲碼，一刻啞口無言地轉頭，望向扭轉這一切的織女。

「會好的，你可以相信織女。」

一刻的腦海浮起牛郎曾說過的篤定話語，他不得不同意牛郎那句話真他媽說得太對了。

沒錯，會好的。

一刻沒發現自己的唇角隱約勾起了笑。

織女已經醒過來了，牛郎和左柚之間毫無曖昧，蔚可可也不再害怕跟蹤狂的存在。就等那名巴掌大、嘴巴卻比誰都還不客氣的細辮子少女歸來，一切都將會變得更好。

似乎是發現到一刻的目光，細眉大眼的小女孩也轉過頭，然後得意無比地朝他比出一個勝利的手勢。

□

突然襲上的尿意讓蔚可可醒了過來，她揉著眼睛坐起。

自從成爲神使後，就算沒使用神力，她的視力還是比一般人好上許多，瞬間便將漆黑房間的景象都收納進眼裡。

有些陌生的房間擺設令蔚可可忍不住愣了愣，接著她發現自己是躺在地板上，身邊還躺著一個人。

啊咧？小染？

蔚可可瞇眼盯著那張摘下眼鏡陷入熟睡的清麗臉孔，一會兒後終於想起來，自己和蘇染是一塊睡在蔚商白的房間裡。

這一晚，除了一刻，包括蘇染、蘇冉、織女和牛郎，最後都留宿在他們兄妹家裡。

本來蔚可可的房間自願讓給織女和蘇染，無奈那個凌亂過頭的環境實在不適合用來招待客人，於是蔚商白乾脆出借自己的房間，自己和其他男生移到客廳打地鋪。

只不過蔚可可獨自一人又耐不住寂寞，難得有朋友來，不睡一起通宵聊天太浪費了。所以她毫不猶豫地抱著枕頭和棉被，硬是也擠到蘇染和織女那兒。

雖然蘇染不是特別愛聊天的人，但當話題是一刻的時候，她不自覺地也說了比平常多的話。

三名女孩壓低聲音，細聲聊著。

聊著聊著，似乎在不知不覺中睡著了。

不知道現在是半夜幾點？蔚可可撐著痠澀的眼皮，掩口打了個哈欠。她小心翼翼地拉開棉被，就怕吵醒隔壁的蘇染，以及床鋪上的……！

蔚可可猛地睁大眼，睡意立時全被眼前的景象給吹跑了。

應該睡著嬌小身影的床鋪上，如今竟只剩一條掀開的棉被。

織女大人！織女大人呢？蔚可可心慌不已，差點就要搖醒蘇染，大叫說織女大人又失蹤了。不過，她沒這麼做，因爲她從眼角捕捉到了一抹人影。

蔚可可屏著氣轉過頭，這才發現窗戶前赫然站著一個人。

留著一頭烏黑長髮的小女孩光著腳，彷彿不覺地板涼冷地站在敞開些許縫隙的窗子前，像是在看著窗外的什麼。

蔚可可的心臟回到原來的位置，她鬆了口氣拍拍胸口，輕手輕腳地爬出被窩。

「織女大人？」怕會驚嚇到對方，她用氣聲喊著，「織女大人，妳睡不著嗎？」

織女回過頭，她沒有被蔚可可突來的呼喚給嚇到，只不過那張潔白稚氣的小臉上，不知爲何罩著一絲的迷茫，看起來就像是從夢境中乍然清醒過來。

「可可。」待蔚可可也來到窗前，織女又轉頭凝望窗外，「妾身覺得，妾身好像聽見了有誰哭泣的聲音。」

有人在哭？蔚可可嚇了一跳，趕緊豎耳傾聽，可是不論她怎麼聽，窗內窗外都是一片寂靜，什麼聲音也沒有。

這是一個過分安靜的夜。

哭聲，抽噎的破碎哭聲。

黑暗裡，有名少女掩著臉，不停地哭泣著。

她的髮絲散亂，細細的髮辮全解了開來，背後有兩隻肖似鳥類的翅膀。一隻被拗摺成奇怪的角度，有氣無力地垂著；一隻浸滿黑暗，如同被人澆淋上一層厚厚的石油。

不單是翅膀，少女的手、腳、身軀，大半都被黏稠的黑暗覆蓋著。黑暗如同多條沉重的鎖鍊，緊緊地纏綑著她不放。

然而少女就像感受不到這些枷鎖，依舊悲傷地哭泣著，哭聲中彷彿還混雜了其他聲音。

「織女大人……織女大人……」少女的雙肩微顫，淚水不斷自她的指縫間滑溢出來，往下滴墜，然而在滴墜途中卻是逐漸染黑，最後化為深闃的黑暗，融入那些束縛住她的黑暗當中。

「不該、不該是這樣的，織女大人……」少女發出了嗚噎般的悲鳴，「如果當時我……如果當時我……不幫妳和那個該死的人類見面，妳也不會淪落至此境地……這一切果然都是、都是……」

少女的雙肩忽然停止顫抖，包括那細碎的哭聲也一併停下。

黑暗中，登時只剩下死一般的沉默。

「——果然都是牛郎的錯。」少女輕柔地發出斷氣聲，就像是瞬間從迷惘中清醒過來。

少女坐直了身體，纖細的頸子也不再像揹負重物般垂著。

「啊啊，沒錯。現在也還來得及，只要將那可恨的男人和他的……」少女慢慢地張開手指，任憑掌心內的淚水滴滴答答地落下，她的嘴唇拉開歪斜的大大弧度，她的雙眼則是像新月般彎起，裡頭散發出不祥的光芒。

「織女大人，妳等我，這一次……這一次我一定不會做錯。」

所以，到時候請誇獎我好嗎？只要妳肯誇獎我，我什麼都願意去做。

名為「喜鵲」的少女露出歪斜又瘋狂的笑容，背後的兩隻翅膀剎那間伸展開來，巨大得像是某種怪物。

「織女大人。」喜鵲呢喃低語，猩紅的眼睛如同要滲出一片血色。

第六針

聯合班遊的日子很快就到了。

就像是要配合這個日子，天氣是相當適合出遊的萬里無雲，天空湛藍得不可思議。

在集合地點潭雅火車站前，一群穿著便服的高中生興奮地聚在那兒。他們嘻嘻哈哈地笑鬧閒聊，渾身上下洋溢著遮掩不住的興高采烈與期待，使得進出火車站的旅客忍不住往他們身上多看幾眼。

就像是被他們的青春氣息感染，旅客們的臉上不由得露出了會心一笑。

在這群約莫二十多人的少年少女中，有個年輕男子正被女孩子熱情包圍著，從他斯文的外貌與親切的笑容看來，不難猜出女孩們為何會圍著他轉。

「阿然老師！」

「阿然老師！」

「遊覽車什麼時候來？」

女孩子們嘰嘰喳喳地爭相提問，甚至還在暗中較勁，想更加貼近柳信然的身畔。

「聽說有領隊？是男的還女的？」

「最好是男的，要是和阿然老師一樣帥就好了！」

「人都到齊得差不多了吧？我們什麼時候出發？」

「要去的銀河遊樂園好玩嗎？」

面對一波接一波的問題，柳信然不免覺得頭都要暈了。

「等一下，大家先暫停一下。」他苦笑著，試圖讓眾人安靜下來，只是成效明顯不彰。他苦惱地揉壓額角，旋即想到自己所帶班級的班長，「蘇染？蘇染來了嗎？」

雖然年紀輕輕，但那名綁著細長髮辮、戴著粗框眼鏡的藍眼少女，身上有著連大人都自嘆不如的冷靜魄力，通常只要她一開口，六班學生就會以她馬首是瞻。

乍聽柳信然這麼一喊，大夥兒你看我、我看你，在發現那道清冷聲音遲遲沒有出現後，下意識地開始四處張望，尋找著蘇染的身影。

「報告，蘇染同學好像還沒到，就連我們班的蘇冉也還沒來。」另一道聲音突然冒出來。說話的是個戴著無框眼鏡的少年，眉眼有著三分傲氣，嘴角則帶著七分慵懶。一身搭配得宜的流行服飾加上特意抓理出的髮型，使得他在同輩男孩中顯得格外成熟且吸引女孩目光。

見八班班長開口，其餘人也紛紛安靜下來，注意力改放在他的身上。

「連蘇冉也……」柳信然有些吃驚，在他的印象中，蘇染和蘇冉這對姊弟都是相當守時的人，尤其是蘇染，身爲六班班長，照理說不會遲到。

「亦凱，你先幫老師點個名，這是參加者的名單。其他人要是發現有誰還沒到，也打電話聯絡一下，老師先去聯絡司機，待會兒就回來。」將手上的名單交給吳亦凱，柳信然小跑步地跑離眾人身邊。

只是沒想到柳信然前腳剛離開沒多久，吳亦凱還沒來得及開始整隊點名，一輛黑色休旅車便駛近了這群年輕學生們身前。

起初眾人還以爲是有旅客要在這裡下車，幾個離車門較近的還趕緊退開一點，以免妨礙車內人下車。

鑲有暗色車窗的後座車門立時打了開來，一名嬌小身影率先從裡面蹦跳了下來。

「哇啊！到了、到了，總算是到車站了！」圓圓的眼眸，可愛甜美的臉蛋，令人想到小動物的鬈髮女孩放下背包，用力地伸展雙臂，伸了一個大大的懶腰。

「是蔚可可……」發現來自湖水高中的交換學生也有參加這次班遊，六班和八班的男生們不由得亮了雙眼，精神一振。

而蔚可可的懶腰還沒伸完，一隻從車內伸出的長腿就已經不客氣地踢向她。

「哇！」蔚可可這回發出的是哀叫，她摀著屁股，氣急敗壞地扭頭瞪向凶手。但在瞧見長腿的主人是誰後，立刻摀著耳，不敢造次地乖乖退到一邊去。

這次換六班、八班的女孩子們興奮地起了騷動。

相反地，有不少男孩子則是苦著臉，難掩失望。

「不會吧？連蔚商白也來了？」

「有學長在，誰敢把他妹妹啊……」

「可惡，虧我還想把握機會的……」

彷彿沒聽見那些懊惱話語，即便是便服打扮，也掩不住堅冷嚴厲氣勢的蔚商白，拎起蔚可可扔在地上的背包，一把塞進她懷裡，要她自己好好拿著。

接著車內又陸續下來幾抹人影，先是黑髮藍眼的長辮少女，再來是戴著耳機的黑髮藍眼少年。兩人極爲相似的外貌，讓碰巧望向這的附近旅客不禁詫異地多注視了好一會兒。

就在眾人納悶著蔚氏兄妹和蘇氏姊弟怎會湊在一起的時候，以爲已經沒人的休旅車後座突地又鑽出一抹人影。

當那頭囂張炫目幾乎如同個人商標的白髮一進入視野內，來參加班遊的兩班學生們瞬間驚駭地沉默了。所有人的眼睛都緊緊盯著那名臭著張臉的白髮少年，彷彿不敢相信他怎麼會參加這次的活動。

「宮一刻……」吳亦凱瞇起眼，喃喃地吐出對方的名字。

在這片詭異的靜默中，休旅車的前座車門被人打開了，坐在副駕駛座上的，赫然是一名打扮亮麗的馬尾美少女。

兩班學生間的靜默瞬間又破裂開，不少人的臉上浮現又驚又喜的表情，驚喜著居然連二班的夏墨河也有參加他們的班遊。

就算明知道對方其實是有著女裝癖的美少年，但那如畫般優雅的秀麗外貌，不論男女都難以抗拒。

只是他們隨即便注意到夏墨河並沒有下車的打算，而在聽見他接下來說的話之後，驚喜之情更是碎成一地失落。

「一刻同學，這兩天你們就好好玩吧。」夏墨河微微一笑，語氣滲著一絲惋惜，「雖然我也很想一塊去，但今天是我們的家族聚會……如果你們願意帶紀念品給我，我會非常開心。」

「得了，你就好好陪你家人吧，反正以後又不是沒機會。」一刻撇撇唇，「紀念品什麼的，會順便買一份給你。」

「一定會買的！所以夏墨河你不用擔心啦。」蔚可可笑嘻嘻地舉手保證。在經過那麼多事之後，她現在已經越來越能自然地和夏墨河相處了，「如果我錢不夠的話，也還有我家老哥這個錢包唷。」

「妳放心好了，就算要留妳下來洗碗抵債，我也不會出借一毛錢的，可可。」蔚商白淡然地打碎蔚可可的妄想，無視那張俏臉刷成哀怨，他向夏墨河點頭致謝，「還麻煩你請司機載我們，眞的非常感謝。」

「哪裡。難得有機會幫上一刻同學的忙，我很開心。」注意到周遭學生的目光依舊好奇地不時往這射來，夏墨河向蔚商白擺擺手，表示這樣的小事不須在意。接著他轉向一刻，笑意柔和，「一刻同學，要是有什麼問題，就打電話給我或尤里。尤里雖然跟千穗同學約會去了，不過他有交代我，要是你有事，千萬別客氣。」

「我還能有什麼事，只要織女別偷跟來惹事，我就謝天謝地了。行了，你也快回去。你載我們到這來的事……嗯，謝啦。」如同要掩飾不自在般，一刻匆匆扔下最後兩個字，就揹著背包大步走至人群尾端。

蘇染和蘇冉理所當然地跟站了過去。

「等一下，宮一刻你怎麼自己先過去了？」急忙向黑色休旅車揮了下手當作道別，蔚可可趕緊追上，「哥，你也別自己先過去啦！」

或許是白髮少年在尾端與眾人拉開一段距離，身邊又有蘇染他們圍著，原本對他的到來提心吊膽的其他學生們，不消一會兒便放下驚疑，嘻笑的聲音重新響起。

鮮少和那麼一大群人待在一塊，一刻的眉頭一直緊緊皺著，尤其是一些女孩子的高分貝笑聲，更讓他本來就不怎麼可親的臉看起來更加凶惡。可他心裡也明白，這是蔚可可萬分期待的旅遊活動，他也不想掃了她的興致。

爲免自己的不耐煩指數節節飆高，一刻拍了一下蘇冉，再指指他的耳機。後者會意，沒有多問一句便摘下一邊耳機，和他一同分享著音樂。

一刻沒注意到蘇染扼腕的神色。

看著一刻已經戴上耳機，也有準備的蘇染只能默默地將東西收起，惋惜著自己慢了一步。

「小染、小染，可以借我嗎？」一根手指戳了戳蘇染，蔚可可雙手合十，眼眸閃閃發亮。

見到蘇染點頭，蔚可可臉上的光采更甚，但還沒伸手接過，一隻搭在她肩膀上的手就先嚇了她一跳。

鬈髮女孩發出小小聲的驚呼，反射性地扭過頭，同時另一抹挺拔的修長身影已經快一步擋在她身前。

「有事？」蔚商白淡淡開口，隱含壓迫感的目光直視比他稍矮的眼鏡少年。

「嘿，學長，我沒有惡意。」吳亦凱自動舉高雙手，像是要避嫌般退了一步，「我只是看可可沒耳機用，想說要不要借我的。」

蔚商白留意到對方對自己妹妹的稱呼，他瞥了蔚可可一眼，「妳認識？」

「哎？」蔚可可拍拍胸口，好奇地自兄長身後探出頭，一雙眼睛睜圓，「吳亦凱？什麼啦，原來是你，你是想嚇死我嗎？哥，他是阿冉他們班的班長，是我在補習班認識的。」

蔚商白挑了一下眉，那意思彷彿在質問：又是補習班認識的？

蔚可可吐了下粉舌，自然明白這背後的含義。

想當初，她在補習班也認識了一名叫作「林雪依」的女孩子，可沒想到對方最後竟牽扯出了引路人事件。

「哥，你不要草木皆兵，這個不會有問題啦，人家還是班長耶。」蔚可可壓低聲音，要蔚商白放心。

蔚商白的眼中掠過一瞬不以爲然，不過卻也沒再開口說什麼。

「可可，我的耳機可以借妳，還是妳要直接借ipod？反正我的手機也可以聽音樂。」吳亦凱的嘴角掛起笑容，雙手帥氣地斜插進口袋，「妳就跟我借吧，不用客氣。」

「咦？不用了，眞的不用啦。」蔚可可連忙搖手拒絕，她可是眞切地感受到兄長從背後射來的警告眼神，況且她也不想就這樣麻煩人，「其實我只是看小染拿出耳機，才想說要聽的。我上車後就不打算聽音樂了，因爲和某人培養感情比較重要嘛。」

「某人？培養感情？」吳亦凱的語氣刹那間變得古怪，但馬上又轉回若無其事，嘴角還是勾著那抹懶洋洋的笑容。

「對啊，難得一起出來玩，當然要把握機會。」蔚可可大力地點點頭。

「什麼鬼機會？蔚可可妳又在沒事惹事嗎？」一刻的聲音自後方出現。

「太沒禮貌了，我是那種人嗎？」蔚可可佯怒地鼓起腮幫子，只是這表情撐不了多久，隨即化成眉開眼笑，她用力攬抱住一刻的手臂，「笨蛋，是在說要和某人培養感情啦。小染，陪我去一下廁所好不好？不然車子就要來了。」

也不管自己的舉動造成瞧見此景的同學們譁然，蔚可可拉著蘇染，三步併作兩步地跑向位在火車站另一邊的廁所，留下只覺得一頭霧水的一刻。

八班和六班的學生們有人震驚、有人不敢置信，也有人一臉恍然大悟。就算當事人之一的白髮少年還在場，可誰都壓抑不住那蠢蠢欲動的八卦之心。

「哇靠！蔚可可和宮一刻？」

「真的假的？難道他們在交往？」

「我想起來了，之前有人跟我說他看見蔚可可拉著宮一刻跑出學校……」

「媽啊！這未免太勁爆了！」

眾人你一言我一語地熱烈討論起來，皆自認有壓低音量，殊不知早全讓一旁的一刻聽得一清二楚。

「……幹。」沒有像以往暴跳如雷地怒吼，震懾得眾人閉上嘴巴，一刻僅僅鐵青著臉，罵出了一聲髒話。他總算醒悟過來，蔚可可這特意的舉動是為了什麼了。

——那丫頭打算徹底讓自己冒充她的男朋友，最好是藉著班遊的機會弄得人盡皆知！

「馬的，我還以為她放棄了……」一刻重重地咋了下舌，卻也沒拆穿這個誤會。他心裡清楚，自己如果成了擋箭牌，一是有可能嚇退跟蹤狂；二是有可能逼出憤怒的跟蹤狂。

就私心而言，一刻巴不得是第二個，不藉此痛揍對方，難消他心中的怒氣。

絕對，要揍得那傢伙不成人形！一刻陰惻惻地想。

「難為你了，宮一刻。」蔚商白鄭重地說，「要你做出這種犧牲，你可以儘管使喚可可那丫頭沒關係。她敢找你當擋箭牌，就要有心理準備。」

「你妹聽見會哭死的。」有這麼一個不留情面的兄長，饒是一刻都有點同情蔚可可了。不過，他也忍不住想像蔚商白說的那個畫面，他差點失笑。

但笑意還沒擴展至唇邊，就瞬間凝住了。

一刻凌厲了眼，尖銳如刀的目光迅速朝某處射去。那剎那，他感覺到有人在瞪視自己。

一刻的目光不偏不倚地對上某個人。

顯然沒想到會被人抓個正著，那人立即狼狽又畏縮地別開臉，裝作什麼也沒發生般假意推了推眼鏡。

「宮一刻？」蔚商白也察覺到一刻的目光，他跟著望去，但並未發現什麼異常。

「有個傢伙剛瞪我。」一刻低語，「我不知道那是誰，無框眼鏡，跟我差不多高，感覺像隻孔雀，花枝招展。」

蔚商白沉下臉，馬上依言鎖定符合他描述的目標，這樣的對象並不難找，甚至可以說簡單得過分。

蔚商白一眼就捕捉到對方。

然而當他望見對方的相貌，這名高個子的少年頓時掩不住訝然之色。

不，這絕非吃驚於對方的身分，而是吃驚於……

「宮一刻。」蔚商白搖搖頭，雖然他也曾聽聞對方有認人障礙的毛病，但他沒想過竟然這麼誇張。

「幹嘛啦。」一刻惱怒地瞪回去，「你想說什麼就直說。」

「一刻，那個人前幾分鐘才找過蔚可可說話。」另一道安靜的嗓音先加入了話題，蘇冉走至兩人身旁，他的耳機沒有摘下，可即使如此，他還是能聽見許許多多的聲音。

不管是人的，或非人的——他天生擁有「聽得見」的能力。

「吳亦凱，我們班的班長。」

「囉嗦，誰記得他是哪根蔥、哪根蒜！蔚商白，你要是敢再露出那種同情的眼神，老子鐵定揍死你。」一刻將手指折得卡卡作響，表示他沒在開玩笑。他對不擅於認人的事一直很在意，但是記不起來就是記不起來，他有什麼辦法。

不過，蘇冉下一句自唇間吐出的話語，瞬間拉開了一刻的注意力，而蔚商白的眼神也隨之變了。

蘇冉說：「聽說，他對蔚可可有意思，還有他現在自言自語的是『開什麼玩笑？宮一刻那種人和蔚可可……這根本是笑話吧』。一刻，我可以揍他嗎？會斟酌力道，真的。」

「開什麼玩笑，當然不行。」一刻眼明手快地扯住蘇冉，認識他那麼多年，怎麼可能不知道他只是看起來安安靜靜，真正動起手來比誰都還凶狠。

緊拉著蘇冉的手腕不放，一刻銳利地望著渾然不知自己所說的話全被他們知道的吳亦凱。對蔚可可有意思、八班的學生、個子和他差不多……

一刻沉默地和蔚商白交換眼神，在對方堅冷的眼瞳中，他看見了對方與自己相同的想法。

——那個跟蹤狂，難道就是吳亦凱？

就算心裡對一年八班的班長開始抱持著懷疑，但在沒有明確證據的情形下，一刻也明白何謂按兵不動，以免打草驚蛇。

在達成共識後，一刻等人決定先不要告訴從廁所回來的蔚可可，否則依她的個性恐怕會沉不住氣，率先跳出去和吳亦凱對質，最後讓事情變得一團糟。

光是想像那很有可能發生的景象，親自領教過蔚可可天兵功力的蔚商白和一刻，都不免臉色鐵青。

「怎麼啦？怎麼啦？你們趁我和小染不在時說了什麼嗎？」蔚可可的直覺出乎意料地敏銳，她好奇又狐疑地瞅著一刻他們直瞧，旋即瞠大眼，「啊！難道又在偷偷說我壞話？」

「別傻了，那種東西並不用背著妳說。」蔚商白無動於衷地將那顆靠太近的腦袋推開。

「什麼啊，原來是……」剛安下心來的蔚可可猛地又發現不對勁，醒悟到自己的兄長竟說了超失禮的話，她頓時氣得哇哇叫，「哥，我是你妹耶！哪有人這樣欺負自己善良天眞無邪的妹妹啦！」

一刻翻了個白眼。靠，最好也有人會稱自己善良天眞無邪……蔚可可的臉皮也太厚了吧？

不過，一刻的心裡也慶幸著蔚可可被轉移了注意力，他可不想面對對方睜著小動物似的大眼睛，眨巴眨巴地看著他，要他說出隱瞞的事情，他怕他會扛不住——即使外表和氣勢都給人凶神惡煞的感覺，但宮一刻這個人，對可愛的人事物向來缺乏抵抗力。

瞥見蘇染和蘇冉低聲交頭接耳，像是在商討什麼，一刻知道關於吳亦凱的事，蘇染的心底也大致有個底，不須他再多說。

火車站前人來人往，那麼一大群年輕人的團體格外地顯目。

就在有些學生耐不住等候，對柳信然未歸一事起了騷動時，今日穿著還是學院風的實習老師抓著手機，匆匆忙忙地跑了回來。

「各位同學！不好意思，我們的車子不小心繞到後站去了，我剛和司機聯絡過了！」柳信然喘著氣宣布，「車子馬上就會來，請大家先拿好自己的行李，等等上車自動找位子坐下。不要挑位子挑太久，把後面的人堵住……啊！車子來了，就是那輛藍色遊覽車！」

望向柳信然指出的方向，確實有輛藍色爲底，其上有些可愛圖案的遊覽車駛了過來。

見他們要搭的車終於來了，學生們紛紛掩不住興奮的心情，嘰嘰喳喳地討論起上車後誰要和誰坐。

「蘇染、亦凱。」柳信然將兩班班長叫了過來，「你們兩個負責盯好大家，等所有人上去後再上車。我還要再去聯絡領隊，司機說他也還沒接到他們……眞奇怪，明明事先都說好了……不好意思，就麻煩你們了！」

「唔哇，阿然老師看起來眞忙……」湊過來也聽得一清二楚的蔚可可同情地說道：「一直看他跑來跑去的……小染，我們陪妳一起最後上車吧。我們有五個人，剛好可以想一下上車後的位置分配……！」

蔚可可倏然閉上嘴，揉揉眼，覺得自己似乎瞧見蘇染和蘇冉之間，瞬間有股電光石火掠過，感覺還有劈里啪啦的聲音。

「這個，各種意義上都好猛耶，宮一刻。」蔚可可敬佩地說出感想。

「聽不懂妳在說什麼。」一刻只覺得莫名其妙地瞥了她一眼，「行李拿來，我一起拿去放。」

「咦？萬歲！宮一刻你人果然超好！」蔚可可歡呼，包包正要遞出去，一隻手臂從旁攔截下來。

「可可，我幫妳拿去放吧，只是舉手之勞嘛。」吳亦凱在蔚可可一愣的時候，笑笑地接過包包，只不過他的手指在抓住提帶的前一秒就撲了空。

換吳亦凱的表情僵住。

「舍妹的東西，她自己拿去放即可，不須麻煩你了。」蔚商白有禮地點了下頭，可那與生俱來的威凜氣勢，讓吳亦凱不由得退了一步。

沒有再投給吳亦凱第二眼，蔚商白將包包塞回給自己的妹妹。即使他沒多說一句，但機伶的蔚可可馬上自動自發地跑去放行李。

見狀，蔚商白直接也接過一刻的背包，幫他一塊放好。

吳亦凱下意識想追著蔚可可的腳步過去，卻在蘇染輕描淡寫的一句話下不得不停止。

「吳亦凱，你們班就麻煩你負責了。」拋下這句話，蘇染走至車門旁。她輕輕一拍手，六班的學生們立刻乖乖排好隊，不再和八班的人爭著上車。

吳亦凱望向蔚可可的方向，他的嘴唇動了動，但很快又回復遊刃有餘的笑容。

「八班的男生們聽著，讓女生先上車，別失了風度啊！」吳亦凱也朝自己班的同學們拍了下手。

有部分人提出抗議，不過眾人最後還是守著秩序，不再爭先恐後，只想搶個好位置。

不用一會兒，幾乎所有人都上車了，只剩吳亦凱、蘇染、一刻他們，以及忙著去聯絡領隊的柳信然。

「蘇染，你們先上去，幫我留個位置，我打一下手機。」一刻朝車門抬抬下巴，然後自顧自地摸出手機，熟練地撥出一通電話。

一刻等著對方接通，只不過響了半晌，最後卻是轉進語音信箱。

「搞屁啊，手機是掉到馬桶裡去嗎？」一刻嘀咕著。見蘇染和蘇冉固執地等在車門旁，就連蔚可可他們也在車門內的階梯上等著，他翻了一個白眼，認命地移動步伐。

「一刻，打給誰？」走在一刻前方的蘇染回過頭問。

「打給織女那丫頭，確定她有沒有亂跑。」一刻皺著眉，不放棄地又撥了一次。

輕快的鈴聲自手機另一端響起，但不知爲何，一刻總覺得手機鈴聲聽來格外立體。還在納悶的時候，一道稚氣悅耳的小女孩聲音，驀地從手機內傳出。

「喂喂？一刻嗎？找妾身什麼事？」

「織女？搞什麼鬼，妳剛怎麼沒接……」

「哎？你說什麼？這裡聲音太大，妾身聽不清楚呢。」

「幹，妳是在哪裡才會……」一刻忽然閉上嘴。他不確定是不是自己的錯覺，問題是，他眞的認爲就連織女的說話聲也太立體了，立體到簡直像在他的身後講話。

「哈囉？一刻，有聽到妾身說話嗎？無視淑女是很失禮的唷。」一根手指甚至從背後戳了戳一刻。

一刻抓緊手機，慢慢地轉過身。

車門外，一名穿著粉色滾邊洋裝的可愛小女孩，一手握著手機，一手對瞠目結舌的一刻揮了揮。

如果不是有隻手剛好搭著樓梯扶手，一刻險些就要因爲震驚過度而踩空跌坐在樓梯上。

「一刻，妾身明白你的激動和喜悅，但太興奮不好哪。」細眉大眼的小女孩笑咪咪地說。

「你好呢，一刻。你那麼期待我們的到來，眞是令人開心。」小女孩的身後出現一名西裝筆挺的俊美男子，勾人的桃花眼滿是愉悅的笑意。

最後冒出的是柳信然的聲音。

「怎麼了？領隊先生，你認識一刻嗎？」年輕的實習教師訝異地看著門內和門外的三人，像是沒想到事情會這麼巧。

領隊……先生？白髮少年目瞪口呆，他好不容易才閉上大張的嘴巴。在這一刻間，他的心中除了有無數的羚羊在趕來趕去外，再也沒有其他想法。

第七針

牛郎和織女的出現，瞬間讓遊覽車上的學生們忍不住激動興奮了起來，誰也沒有想到他們的領隊竟會是一名俊美得不像話的年輕男子，男子身旁還帶了一名粉雕玉琢的可愛小女孩。

這樣賞心悅目的組合，讓許多人不由得拚命拿起相機拍照。一時間，快門按下的卡嚓聲此起彼落，不時還有讚歎驚呼的聲音響起。

「我的媽啊！現在領隊都這麼高嗎？」

「也太帥了……不，根本就是帥死了！」

「那個小女生也超級可愛！」

「欸欸，你們有沒有覺得那個小女生有點眼熟……」

「等等！她是不是那個宮一刻的妹妹!?」

六班有人眼尖，認出了織女曾在他們教室外出現。

這下子，頓時又引起一波新的騷動。

「不會吧？那位帥到爆的領隊是宮一刻的親戚嗎？」

「騙人！真的還假的！」

或許是話題涉及人見人怕的危險人物，大部分人聲音不自覺壓低，就算內心一堆問題想問，也沒人敢當著那名坐在前段座位的白髮少年面前問。

然而即使如此，一刻還是聽得一清二楚。

無視周遭人一副想問卻又不敢問的模樣，一刻惡狠狠地瞪著已經做完自我介紹、且見鬼的還沒人覺得他們名字奇怪的一大一小——天曉得是不是織女又施了什麼小法術——巴不得自己的目光能在他們身上燒出兩個洞。

操！還說什麼要他儘管去玩，不用擔心……原來她那時候打的就是這個主意嗎？

「宮一刻，你再瞪下去也瞪不出兩個洞的啦。」蔚可可從一刻的椅背後冒出頭。她的位子就在一刻的正後方，鄰座是她的兄長蔚商白。

至於蘇染和蘇冉，則是坐在與一刻隔著一條通道的隔壁座位。

遊覽車已經繞出市區，駛上交流道，朝目的地「銀河遊樂園」而去。

「煩死了，老子愛瞪不行嗎？」一刻看也不看，伸手將上方那顆腦袋推了回去，「媽啦，沒人覺得他們當領隊很奇怪嗎？」

「會嗎？會嗎？」蔚可可不屈不撓地又探出頭來。她隔壁的蔚商白完全不陪她聊天，她只好自力自強地找尋適當的聊天對象，「宮一刻，我跟你說，像牛郎先生這麼溫柔又帥的人來當我們領隊，你不覺得很幸運嗎？」

就算沒回頭，蔚可可也可以很肯定坐在她後面的那些女孩子們，眼睛都變成星星眼了。

「不覺得，完完全全不覺得。」一刻冷酷地這麼說，「比起那種事，我還比較在意我們要去的到底是什麼鬼地方。」

「才不是鬼地方，是銀河遊樂園啦。」蔚可可拍了下椅背，糾正一刻的說法，「銀河遊樂園可是……呃，哥，它是在哪裡啊？」

閉眼假寐的蔚商白掀開一隻眼的眼皮，望了妹妹一眼後又閉上。

蔚可可哀怨地癟癟嘴，哪會不知道她家老哥這一眼的意思：再吵我睡覺妳就完了。

「它是位在南部的遊樂園呢，可可。」和蔚可可隔了一條通道的吳亦凱撥撥頭髮，再一推眼鏡，微笑地插話，「我查過它……」

「銀河遊樂園，位在章川市山間，是一座小規模的遊樂園。」吳亦凱的話還說不到一半，就被一道清冷的少女聲音打斷，「曾以引進第一座鏡子迷宮而聞名，但在其他更大、更先進的遊樂園出現後，漸漸沒落了。」

「喔喔，不愧是小染！」蔚可可雙眼放光，崇拜地望著斜前方闔起黑色小冊子的蘇染。

「蘇染還沒說完，蔚可可妳要聽就坐到前面，反正我旁邊還有位子，免得妳大呼小叫吵到妳哥。」一刻說。

「好啊好啊！」能夠和一刻他們坐同一排，蔚可可求之不得。她開心地抓起自己的隨身包包，就要移動位置。

「可可，其實妳也可以坐我隔壁的。」身旁同樣也有空位的吳亦凱拉住蔚可可的手，「用不著勉強自己坐在宮一刻那種人旁邊。」

「那種人？啊啊？老子是哪種人？」迅速以一記凌厲不容反駁的眼神瞪住蘇氏姊弟，要他們不准擅自行動，一刻直起身子，獰笑地對上吳亦凱的視線，「蔚可可要坐哪干你屁事。」

「就是這種態度，你就是用這種態度對她施加壓力的吧？」吳亦凱先是畏縮了一下，緊接著像是不願在蔚可可面前失了氣概，不甘示弱地站了起來。

前排座位引發的騷動，怎麼可能不被後方的學生們注意到，登時許多人按捺不住，好奇地自通道旁、椅背後探出頭，想弄清楚發生了什麼事。

「吳亦凱，你在胡說什麼？宮一刻人可是超好的！」蔚可可沒想到會無端惹出事情，急忙擋在兩人之間，同時還暗中使眼色給睜開雙眼的兄長，要他這時候千萬別冒出什麼毒辣的句子，讓事情變得更混亂。

雖然她老哥老是嫌棄她會不自覺地火上加油，可是她覺得有時候，她老哥才是這方面的真正天才！

見蔚可可居然替一刻說話，吳亦凱愈發惱火，表面的風度也維持不住。然而就在他想出言挑釁的時候，有人已經抓著麥克風，義正辭嚴地大叫出聲。

「通通都給妾身坐下！」織女雙手扠腰，氣勢十足地盯住在遊覽車上還站著的三個人，「居然膽敢無視妾身和夫君的導覽介紹？這是如此失禮的事！」

一刻順勢一回頭，硬生生嚥下差點迸出的髒話——我靠！說得好像要牛郎替妳拿麥克風就不失禮的樣子！

一身西裝的牛郎不單替織女拿著麥克風，好讓她能雙手扠腰地說話，還爲了配合她的高度，屈膝蹲在她的身旁，勾人心魂的桃花眼內盡是不加掩飾的寵溺笑意。

「她剛眞的有在導覽嗎？」一刻壓低聲音問著蘇染。

「有，美食導覽，講得很認眞。」回答的人是蘇冉，「有下過工夫。」

一刻連翻白眼也懶了，他睨了吳亦凱一眼，直接拉著蔚可可一同坐回位子。

「宮一刻！你……」吳亦凱頓感被輕視了，他惱羞成怒地想再抓住蔚可可的手，但這回卻是柳信然出面阻止了。

「亦凱，回位子坐好，車子在開，這樣站著很危險。」柳信然溫聲地打著圓場，不願見到學生們在車上發生爭執，「可可要坐哪是她的決定，是男孩子就要有風度一點，萬一她和一刻眞的在交往，你這樣做不是增加了她的困擾嗎？」

「阿然老師，還沒啦，我和宮一刻還沒交往。」蔚可可笑嘻嘻地說，「不過我超喜歡他的。」

吳亦凱的表情從鬆口氣瞬間變成不敢置信。

其他聽見這番宣言的男孩子們也紛紛失聲驚叫，沒想到會從蔚可可口中聽見這麼震撼的發言。

相貌甜美、個性也活潑討喜的蔚可可，一直是不少人暗地裡愛慕的對象，只不過她身邊有個難以接近的兄長，現在又加上她親口坦承對宮一刻有好感……

宮一刻，那個宮一刻耶！誰敢自找死路，成為他的情敵啊！

聽著耳邊的哀鴻遍野，發現手機裡傳來簡訊的一刻點開了訊息。

是蔚商白傳來的——有欲線，可是長度沒突然爆增。

雖然簡訊裡沒點出人名，但一刻知道蔚商白指的是吳亦凱。

這一連串行為都是蘇染事先計算出來的，為的就是觀察吳亦凱究竟有沒有可能會是那名跟蹤狂。

假使是他，依照那些騷擾簡訊和信件裡含藏的扭曲感情，在聽見蔚可可這麼說之後，內心上定會大受影響。

然而會反應人欲望的欲線，卻出乎意料地沒有太激烈的動靜。

這代表什麼？吳亦凱對蔚可可的執著難道沒那麼強嗎？

一刻瞪著簡訊，眉頭越皺越緊，疑問像泡泡般一個個冒出來。

「阿然老師！」蔚可可忽然驚呼了一聲，手指著柳信然，「倒了、倒了，你的飲料倒出來了！」

「咦？哇啊！」聽見蔚可可這麼一喊，柳信然這才慢了半拍地發現手中的飲料罐不知何時傾成一個危險的角度，深色的液體在不知不覺間將襯衫染濕了一小塊。

柳信然頓時慌慌張張地找起衛生紙，拚命想阻止污漬在衣服上擴散。

而相較於柳信然引發的小騷動，或是差點就要一發不可收拾的疑似三角戀，遊覽車上的女孩子們在意的卻是另一件事。

不管實習老師還在那手忙腳亂，一名女孩忍不住舉手了。

「領隊！」怕牛郎看不見，那名女孩還特意直起身體，「你和織女小妹妹到底是什麼關係？她喊你夫君耶！」

其他女孩們就像在等人起頭，現在見終於有人大膽詢問，她們立刻爭先恐後地拋出一個又一個的問題，全都是想弄清楚牛郎和織女的關係。

面對女孩們的接連追問，牛郎則是展出一個溫柔至極的笑容。

一瞬間，那微笑迷得女孩們發暈，個個心跳都快了好幾拍。

碰巧捕捉到牛郎微笑的一刻卻是心生不祥預感，他連忙想要阻止，但最終還是慢了一步。

「織女她——」外貌約莫二十六、七歲的俊美男子抱起看似八歲年紀的小女孩，深情款款地在她臉頰上落下一吻，「是我唯一深愛的女性。」

啊幹！他眞的說出來了……一刻無力地摀住臉，有種想要拿頭去撞玻璃窗的衝動。尤其在瞄見牛郎居然還投給他一個「我沒有說出織女是我的妻子，放心」的眼神時，他眞的還是忍不住拿頭去撞玻璃了。

那個白痴，難不成他完全沒發現車內的氣氛和車內女性們的眼神溫度，在瞬間降至冰點了嗎？

別說女孩子們看牛郎的眼神已經變成是在看戀童癖變態了，他都聽見司機竊竊私語地問那個什麼然的老師要不要報警比較好。

一刻發出呻吟，現在他可以百分之百確定，不論那個跟蹤狂有沒有混在這裡面，只要有牛郎和織女在，他們的班遊只會變得糟糕、糟糕——除了糟糕還是糟糕！

將額頭抵在玻璃上，對接下來的兩天產生深深不安的白髮少年並沒有發現到，天際一角已經開始堆積淺灰色的雲層。

同時，有一抹碩大無比的黑影從遊覽車的車頂上方飛快掠過。

一刻的預感成眞了。

他們的班遊非但沒有進行得一帆風順，甚至還可說是困難重重。

一言以蔽之，根本就是糟糕透頂。

先是在高速公路上碰到連環車禍引發的大塞車，一塞就是近兩個小時；接著好不容易終於要脫離國道，司機卻不小心下錯交流道，於是爲了返回正確路線，又耗去不少時間。等到總算進入章川市，卻還有一大段山路要走。

這一路上的曲折，磨得車上的學生們叫苦連天、抱怨連連，不敢相信光是車程就耗掉了他們第一天班遊大半天的時間。

但也許因爲長時間的車程讓學生們疲累至極了，當遊覽車駛進山裡時，大部分人都東倒西歪地睡著了。

車內變得異常安靜，似乎只剩下車輛行駛的聲音。

直到一陣轟然砸下的聲響將眾人瞬間驚醒。

也陷入熟睡的一刻幾乎反射地睜開眼，背脊也迅速彈離椅背，手指還習慣性地握起，好讓自己能在最快的時間給予可能來襲的敵人一拳。

可是，什麼敵人也沒有。

映入一刻眼中的，是深灰近黑的大片天色，以及就算用暴雨形容也不爲過的嚇人雨勢。

山林中下起滂沱大雨了。

加上雲層和林木遮蔽，明明還是下午，放眼望去卻幾乎要讓人錯認爲已經入夜。

「唔嗯……什麼聲音？好吵……」坐在一刻身旁的蔚可可晚了好幾拍才醒過來。她揉揉眼睛，覺得耳朵旁好像有許多聲音在大呼小叫。當她睜眼之後，窗外的一片暗色和猛烈的雨勢讓她愣住了，目瞪口呆地盯著外面的景象幾秒，緊接著也加入車內哀叫連連的行列中。

「不會吧？下、下雨⁉還是這麼大的雨⁉露營和烤肉都泡湯了！遊樂園的遊樂設施也不能——好痛！」

終止蔚可可哇哇叫的，是本薄薄的本子，雖然厚度不厚，但當頭揮下的威力也不容小覷。

「妳太吵了，可可，不要爲了一點小事就哇哇叫個不停。」蔚商白冷眼看著前座抱頭痛呼的妹妹。

「什麼一點小事？明明就是……！」蔚可可淚眼汪汪，但在瞄見兄長是拿什麼打她後，她立時閉起嘴，不敢再多說一句。

高一精進數學講義……她老哥難道連班遊都想逼她和數學培養感情嗎？救命啊！不要！

「好了，安靜，妾身說通通安靜下來！」在吵鬧譟動中，一道稚氣的嗓音迸開，織女拿著麥克風，小臉威嚴、黑眸凜凜地站在通道間一聲令下，「誰不安靜下來，妾身會狠狠踢他屁股的！」

「嗤，就憑那小短腿，能不能踢得到都是一回事。」一刻鄙夷地看了織女的雙腿。

織女怒，織女大怒，織女非常憤怒。

扔下麥克風，細眉大眼的小女孩瞄準一刻撲了過去，手腳、嘴巴毫不客氣地一塊用上。

「眞、眞危險啊……」怕被波及的蔚可可迅速回到自己原來的座位上。她望向右手邊的吳亦凱，後者則別開臉，擺明不願與她對上視線。

蔚可可聳聳肩，也不以爲意，只覺得男人心才眞正是海底針。

「不好意思，請各位同學安靜下來，還請大家稍安勿躁。」接過織女麥克風的人是牛郎，他微微一笑，態度悠閒沉穩，讓人下意識對他投予信任，「雖然沒想到會突然下起大雨，但山區氣候不定，這也是常有的事，不須感到太緊張。你們的老師已經打電話與遊樂園聯絡了，相信很快就會有解決辦法。」

那低柔醇和的男性嗓音，不止充滿著獨特的魅力，還讓聽者不由得產生安心的感覺。

學生們的騷動漸漸平息下來，他們也終於發現柳信然原來是跑到樓梯下方低聲講著電話。

「操他的，沒事下什麼雨啊……」將身上的織女用力拔開，避免她的小拳頭揮到自己眼睛，一刻盯著車窗外大得像是不會停的雨勢，不悅地嘖了聲，「老子可是沒帶傘或雨衣啊。」

「放心好了，一刻，我和蘇冉都有帶，傘或雨衣任你挑選。」蘇染推了下鏡架，「不過，的確沒想到會下這麼大的雨，氣象主播還信誓旦旦地保證這一週都是大晴天。如果是在以前的國外，報錯天氣可是要處死刑的。」

在提及「死刑」兩個字時，蘇染的眼內還莫名地閃過一抹利光。

「我靠，哪一國那麼凶殘……」一刻吃驚地咋舌，「要是現在還有這條刑罰，我們這兒天天都有人要被判死刑了吧？」

「幹嘛這樣說，好歹也有準的時候嘛。」蔚可可抓著椅背又冒出了腦袋，隨即她眼尖地發現柳信然從樓梯走上來了，「啊，阿然老師好像講完電話了！」
不知是和園方通了什麼話，柳信然的表情裡有著一絲無可奈何，但更多的是鬆了一口氣。一走上來就發現所有學生都注視著自己，想知道眼下情況的最新發展，柳信然苦笑一聲，先向幫忙穩住學生情緒的牛郎道謝，接著再清清喉嚨。
「請大家仔細聽好了，老師已經跟……」
「老師！後面的聽不清楚！」
「老師，麥克風讓你用吧。」
「啊，謝謝。」接過麥克風，柳信然向眾人宣布與銀河遊樂園達成的協議，「由於雨勢過大，所以今晚的露營取消，園方會提供場地讓大家睡一晚，也會有地方讓大家洗澡。雖然很可惜今天的行程無法進行，但這也是沒辦法的事。不過我相信明天天氣一定會好轉的，到時大家再盡情地在遊樂園裡玩吧！」
一聽說住的問題和洗澡的問題都解決了，學生們不禁安下心來，重新燃起對今晚住宿地點和明日遊玩行程的期待。
雖說車外還下著大雨，天色也和入夜時分差不多漆黑，但車內氣氛再度活絡了起來。
「……由園方提供住宿場地嗎？」對比之下，蘇染卻是斂著表情地沉吟一聲。
「怎麼了，蘇染？」一刻打掉那隻想搶走他整盒巧克力棒的小手，再一掌壓住那顆不屈不撓的小腦袋，這才望向神情嚴肅的藍眼少女，「有什麼不對嗎？」

「銀河遊樂園，我記得從官網上的資料來看，他們並沒有增建旅館。」蘇染說，「園內僅有的大型建築物，應該只有餐廳才對。」

「餐廳？」一刻愣了一下，懷疑自己有沒有聽錯。

「餐廳，蘇染說。」蘇冉點點頭，表示一刻沒有聽錯，他的孿生姊姊確實是這麼說的。

「喂喂喂，不是這樣的吧？」一刻愕然。難得參加一次班遊，卻可能落得睡餐廳的下場，這會不會太扯了？「餐廳是要怎麼睡？」

「把桌子排一排，大家躺在上面睡嗎？」蔚可可異想天開地說。

蔚商白沉默地把手搭上她的背，繼續沉默地注視著她，那一眼有許多含意。

「吼！哥，你不要用那種看笨蛋的眼神看人家啦，我也只是隨便說說的。」蔚可可鼓起腮幫子，「反正最重要的是有洗澡的地方就好了。」

就在眾人懷抱著不同心思之際，遊覽車忽然停了下來，不再前進。

隔著大片擋風玻璃，可以看見亮晃晃的車前大燈被投射在前方，驅散了黑暗。

在燈光照射下的雨絲，就像會發光似地密集落下。

隔著這層發光的雨幕，在更前方的是一座高聳並敞開著的黑色雕花大門，車燈照不過去的門內一片幽暗，使得大門看起來就像一張大嘴，要將進入的一切都吞噬下去。

目睹此景的學生們默然，他們嚥嚥口水，拚了命地伸長脖子，想將遊樂園的外貌看得更清楚。

誰也沒想到就在這一剎那，闃黑的雲層中猝然劃下一道霹靂，銀白的雷電映亮了夜空、映亮了學生們呆然的臉，也映亮了橫掛在黑色雕花大門上的陳舊看板。

「銀河遊樂園歡迎您」這幾個字，看起來就像隨時會搖搖欲墜地脫落下來。

銀河遊樂園，坐落於章川市的山間地區，規模不算大，但當年曾因引進第一座鏡子迷宮，而吸引了大批想要嘗新的人潮。

只不過隨著時間流逝，越來越多更大、設備也更新的遊樂園相繼出現，加上銀河遊樂園的地理位置相當偏僻，久而久之，來客率一年比一年低，如今幾乎是鮮爲人知，就連官網上的資訊也久未更新，成了一座沒落的遊樂園。

但不管銀河遊樂園是沒落或熱門，說實話，沒去過幾家遊樂園的一刻壓根也不在乎，他在乎的是——

「幹，眞的假的？最後眞的睡餐廳地板是哪招？」抓著分發到的睡袋，白髮少年有些不敢置信地彈了下舌，對於目前的發展感到匪夷所思。

不過，這次不止他一人有此想法，幾乎前來參加這次班遊的學生都抱著相同的念頭。

「你睡不慣地板？」已經鋪好睡袋的蔚商白揚揚眉。

「屁啦，最好我有那麼難養。」一刻回給高個子少年一記中指，再用眼神瞪著蘇冉，要他把自己的睡袋拉遠一點。貼那麼近是要他沒位置睡嗎？

重重地將自己的睡袋在地面攤開，一刻一屁股坐了上去。他環視周遭同樣忙碌的眾人，怎麼也沒辦法想像事情怎會變成這樣。

自從遊覽車抵達銀河遊樂園後，由於大雨完全沒有減緩的跡象，所有戶外活動變得無法進行，前來迎接的遊樂園招待人員立刻先帶著眾人前往餐廳一樓用餐，待晚餐結束後，便領著一夥人上了餐廳二樓。

在那裡，所有桌椅都被收起，堆疊在牆邊，中間整理出一大片空地。

還沒等眾人想清楚這樣有何用意時，招待人員就先萬分抱歉地賠不是，表示遊樂園沒有其他更適合的場地，只能出借這處地方提供大家過夜。

此言一出，學生們不禁譁然，誰也沒想到真的會演變成睡地板的局面。但礙於無處可去，雖然心中滿是抱怨，眾人還是紛紛自行尋找位置，鋪展開屬於自己的睡袋。

不過，在柳信然的規定下，男女生當然還是得分開睡，男生佔左邊，女生分到右邊。

目前餐廳內的女孩子們都不見了人影，她們先隨著招待人員前往浴室，等全部洗好後再輪到男孩子。

而根據招待人員的說法，浴室並不是設置在餐廳內，必須冒雨走一小段路。

因此爲了確保安全，柳信然也跟著一同前往，以免中途有人繞錯路，尋不著方向。

既然女性優先洗澡，身爲女孩子一員的織女也興高采烈地加入行列。只不過她前腳才剛離開沒多久，牛郎後腳也追了出去，宣稱織女忘記帶上洗髮精。

不論這個理由是眞是假，一刻都覺得那名男人只是單純不想跟織女分開而已。

在沒了實習老師、也沒了領隊盯梢的情況下，只剩男孩子的餐廳內鬧哄哄的。

相較之下，一刻、蘇冉和蔚商白所佔據的角落則是格外安靜。即使有著相當交情，但三人都不是特別喜歡說話的人，在交換幾句話後，這個角落便又沉默了下來。

直到一聲大叫傳來。

「哥！」

在一片吵鬧聲中，這聲大叫不算特別突出，但一刻等人還是不約而同地轉過頭，只因爲聲音的主人是他們所認識的人。

也去洗澡的蔚可可不知何時回來了。

這名鬈髮圓眸的女孩子還是原來那身衣服，除了幾處像是被雨水打濕的水漬外，她整個人看起來並不像剛洗完澡的模樣。

一瞧見蔚商白和一刻他們，蔚可可立即三步併作兩步地跑上前，甜美的臉蛋上不知爲何還染著一抹氣急敗壞的神情。

「哥、哥，你知道嗎？」蔚可可忿忿不平地嚷，一副有話不吐不快的架勢。

「我什麼也不知道。」蔚商白冷淡地瞥了自己妹妹一眼，「把鞋子脫掉，不准踩到我的睡袋。」

「咦？」蔚可可趕緊煞住腳步，總算讓鞋尖沒越過界限。咕噥著自家老哥還眞是小心眼，蔚可可還是乖乖地脫下鞋子，再學著一刻他們直接坐到睡袋上。

「所以是怎麼了？蘇染和織女呢？」一刻皺著眉頭問，也訝異蔚可可自己一個人先回來。

「小染和織女大人應該還在洗澡，我是和其他幾個女生先回來的，不過我動作快，所以先上來。」

蔚可可話才剛說完，果然又見到好幾抹人影氣喘吁吁地進了餐廳內。

說也奇怪，這幾名女孩的臉上也都是氣呼呼的表情。

這下子，本來還兀自鬧成一片的男孩子們也不由得分出了注意力。

「怎麼了？」

「發生什麼事了？」

「怎麼看起來像在生氣？」

幾名與對方相熟的男孩忍不住七嘴八舌地問著。

「生氣……根本就是氣死人了啦！」一名女孩率先發難道：「你們知道浴室在哪裡嗎？是在餐廳後面的山坡上！沒幾間浴室也就算了，還沒熱水、沒吹風機，這是要人怎麼洗啦！」

「沒錯！在這種天氣洗冷水澡，是開什麼玩笑嘛！」另一名女孩也惱怒地嚷叫道：「萬一感冒了怎麼辦？其他人可以忍受，我可不能忍受！」

見有人開口，其他一起跑回來的女孩也開始大吐苦水，言辭中是藏也藏不住的強烈不滿。

聞言，男孩子們不免也傻了，怎樣也沒料到洗澡還得如此克難。

頓時，各種抗議和抱怨紛紛出籠了，餐廳內可說是一片怨聲載道。

「就是這樣的情況。」蔚可可一攤手，隨即又抓住蔚商白的手臂，「哥，你說過不過分？要我們睡地板就算了，誰想得到連澡也不能好好洗？」

「蘇染和織女不都去洗了？」一刻問，這話並沒有特別意思，「妳不敢洗冷水澡？」

「也、也不是……」蔚可可突地語塞，她不自覺地抓抓頭髮，眼神飄了一下。

「她連冰水都敢洗，她只是在意沒有吹風機。」蔚商白不客氣地揭妹妹的底。

「哥！」蔚可可瞪圓眼睛。

「吹風機？」一刻狐疑，擺明不懂連冰水澡都敢洗的人，怎會在意可有可無的吹風機？

「吼，哥你眞是豬頭、豬頭……」蔚可可氣惱地抱怨，但又不敢罵得太大聲。發現一刻還在等她解釋，她心不甘情不願地招認了，「就、就我的自然鬈很嚴重嘛，如果沒吹頭髮，隔天會像……一樣啦。」

「誰知道是哪樣啦！妳中間根本就消音了吧！」一刻吐槽道。

「像爆炸頭，一刻。」蘇冉摘下一邊耳機，平靜地說道。

蔚可可抽了一口氣，不敢相信自己竟大意忘了蘇冉的存在。擁有異常「聽力」的他就算戴著耳機、聽著音樂，還是能聽見許多聲音。

蔚可可漲紅一張臉，尤其在見到一刻噗嗤地笑出聲時，她懊惱地抱住頭，嘴中發出哀叫，「完蛋了，我美少女的形象就這麼破滅了啦……嗚嗚，理花大人……」

本來還在發笑的白髮少年頓時像被噎到，他咳了咳，黑著一張臉，無言地朝蔚商白投遞訊號——你妹的臉皮根本厚到超出想像了吧。

對此，身爲兄長的蔚商白是這麼回應——原來不是只有我一個人的錯覺。

這廂的小角落是蔚可可沒特意降低音量的自怨自艾，另一廂的中間空地上是男孩和女孩們越漸高亢的不滿。

從塞車、天氣變壞、露營取消、被迫睡餐廳地板、洗澡必須冒雨走一段路還沒有熱水，一連串的不順心累積下來，大夥兒的情緒終於來到臨界點，忍無可忍地爆發開來。

「抗議啦！我們都繳錢了，爲什麼要受這種待遇啊！」

「說得對！學生就沒人權嗎？」

「虐待！這根本就是虐待！」

「到底是誰挑那麼爛的地點？銀河遊樂園……根本就是破爛遊樂園吧？」

「可惡，萬一連遊樂器材都破破爛爛的話……哇！光想就殺意湧上來了！」

現場少了柳信然這名實習教師和牛郎織女兩位領隊，眾人就在這沒人管的情況下，你一言我一語地激動抗議著。

眼見群情激憤，鼓譟與騷動越演越烈，整座餐廳充斥著高分貝的音響，倘若再放任下去，或許眞的就會一發不可收拾，蔚可可連忙扯著兄長的手臂，要他這位二年級的學長想想辦法。

雖然還在安全範圍內，但她一點也不想在這種時候還得分心注意著同學們的欲線。光是要她都已經瞧見有些人的欲線在怨氣催使下，不知不覺地增加了長度。

設法揪出跟蹤狂這件事，就已經讓她頭痛不完了。

不過，還沒等蔚商白採取任何行動，對這陣高分貝噪音感到忍無可忍的一刻率先發飆了。

「吵死了！你們是在那吵三小！」那一聲石破天驚的怒吼猛地炸開，登時讓所有聲音化爲死寂。

原本有些人還弄不清楚是誰在大吼，想要怒斥回去，然而在一發覺聲音的主人是一刻，並且對方還猙獰著臉色時，當下全部的怨言都一股腦地嚥了回去，還不忘迅速扭過頭，裝作沒與對方對上視線。

「幹！管你們想向誰抗議，有種在這嘰嘰歪歪，是沒種當面對他們說嗎？」

「哇！宮一刻你沒事幹嘛還火上加油啦！」蔚可可急著伸手想摀住一刻的嘴巴，但蘇冉快了一步。

黑髮藍眼的少年眼明手快地拉過一刻，攔阻了蔚可可對好友的動手動腳。

「各位同學、各位同學。」突然間，在化為死寂的人群中冒出一道拉高的聲音，瞬間引起眾人的注意力。

吳亦凱走到中央位置，確保每個人都可以看見他後，他拍拍雙手。

「請冷靜下來，請聽我說一下話。我知道大家對於目前的情況都很生氣，可是我相信銀河遊樂園也不是故意如此的，追根究柢，還是天氣突然變壞的緣故。」

頓了一下，發現每雙眼睛還是盯在自己身上，也沒人插嘴打擾，吳亦凱滿意地點點頭，他清了清喉嚨，繼續說道：「但大家也要相信阿然老師說的，明天天氣一定會放晴。不知道有沒有人注意到？雨聲比剛剛小了。」

話聲落下沒多久，多人的附和聲登時此起彼落響起。

「所以，明天大家一定能玩得很盡興。」吳亦凱一推眼鏡，露出了一抹得意又自信的微笑，「另外，我還要向各位偷偷透露一件事，最近流行的愛情符，大家應該都聽過吧？聽說網拍上的賣家最早是在這買到的，之後發現出乎意料地靈驗，才分享起了經驗。換句話說，愛情符的發源地就是這裡呢！」

當吳亦凱此番話一出，不少人驚呼連連，女孩子們更是亮了雙眼，眼裡閃動興奮的光采。

於是眾人原先不滿的情緒就這麼被安撫了下來，大家的話題忍不住都移到愛情符上。

「天啊，原來愛情符是從這遊樂園來的，我都不知道。」蔚可可吃驚地低呼，「我還以為它只有在網路上販售而已。吳亦凱居然連這種情報都知道？而且還讓大家都冷靜了下來，雖然他有點怪，不過感覺真的挺厲害的。」

「如果那叫厲害，可可，我開始有些擔心妳的眼睛了。」蔚商白的嗓音淡漠，但從中透出不以為然的意味。

「哎？」蔚可可困惑。

「同感。」鮮少與蔚氏兄妹搭上話的蘇冉也罕見地開口了。

「哎？哎？」蔚可可更加困惑了。她睜大圓圓的眼睛，想從竟會意見一致的兩人臉上看出端倪。然而不管是自家兄長或蘇冉，兩人的面孔上都像少了表情神經，一點情緒也看不出來。

「到底是什麼跟什麼啦……」蔚可可最後只能眼巴巴地望向一刻，希望他能給點解釋。只可惜，一刻只是乾脆地聳聳肩，表明問他也沒用，因為他也弄不懂他們在打什麼啞謎。

「要是妳想到再告訴我吧。」一刻不客氣地揉亂她的頭髮，起身離開鋪在地面的睡袋。

蔚可可這才注意到，又有不少女孩陸續回來了，其中也包括蘇染和織女。

「各位男同學，要洗澡的人就請跟著我一塊走。」牛郎站在門口宣布道。

雖然在知曉了浴室的克難程度後，不少人都打消了洗澡的念頭，但還是有部分人向牛郎走去，一刻他們三人也是其中一分子。

「啊！太過分了啦，居然丟下話就跑……這樣不是害我在意得不得了嗎？」目送著一刻他們走出門外，蔚可可鼓起了腮幫子。

「什麼？什麼？一刻他們丟下什麼話？妾身也要聽！」織女耳尖，迅速地撲靠過來，眨巴著的大眼睛內寫滿著「快說快說，妾身最喜歡八卦了」的閃亮情緒。

「不是宮一刻，是我哥和阿冉。」蔚可可重頭將事情描述了一次，末了還不平地噘嘴抱怨：「小染、織女大人，他們兩個是不是很過分？幹嘛不好好地解釋清楚啦。」

「哎？」織女卻是挑高細眉，「妾身覺得已經很清楚了呢。照妳剛才說的，妾身的確一點也不覺得他有多厲害唷。」

「咦？爲什麼？」蔚可可大吃一驚，她望著眼中的睿智光芒一點也不符合年幼外貌的織女，隨後再看向蘇染。

散著髮絲的藍眼少女停下擦拭鏡片雨水的動作，她戴起眼鏡，淺藍眼珠冷靜而犀利。

她說：「吳亦凱是等場面被一刻震懾住後才出聲，他不肯承擔出頭鳥的風險，而寧願在後面撿便宜。這樣的人，又有哪一點能讓人誇他厲害？」

第八針

餐廳內一旦熄了燈，頓時就是一片昏暗籠罩，只有微敞著一條縫的大門外射入了一線燈光——那是走廊上特地留著不關的燈，預防有人半夜想上廁所時找不到方向。

近三十名學生裹著睡袋，安安靜靜地躺在餐廳地板上熟睡著。偶爾會有人翻個身，或是發出幾聲夢囈，但沒一會兒就又回歸寂靜。

而在這入夜時分，蔚可可卻睡得不很安穩。

這名鬈髮女孩蜷著身體，縮在睡袋內，細緻的眉宇不安地蹙著，臉孔上浮現難受的表情。

「可可、可可……」

「我心愛的可可……」

隱隱約約中，彷彿有人在輕聲呢喃。

「妳喜歡的是我，對吧……」

「告訴我，可可，妳不可能會變心的……」

蔚可可的眉頭越皺越緊，她緊閉的眼睫在微微顫動著。她不知道有隻手在悄然無聲中朝她的臉頰靠近，越靠越近——

蔚可可猛地睜開雙眼，呼吸急促，心臟也失序地狂跳。不等呼吸緩過來，她馬上用最快的速度從睡袋中掙脫出來。她坐直身體，一手摀著臉頰，雙眼飛快地往四下望去。

但那雙在黑暗中也能大略視物的雙眼，卻沒有發現任何一抹可疑的身影。她的左邊是蘇染，右邊是同班的一位女孩，兩人並沒有被她的動作驚醒。

蔚可可不死心地又多觀望幾次。她在睡夢中分明感覺到有人伸手摸了她的臉頰，那份觸感太過真實，依稀還留在臉上，一點也不像幻覺。

從胃部湧生的不適感，讓蔚可可忍不住大力地用手背擦拭了臉頰幾下，想把那份感覺抹去。

做了幾次大大的深呼吸，蔚可可在心裡告訴自己那只是錯覺，不可能有人靠近自己，她卻毫無所覺。而且小染和宮一刻他們都沒反……啊咧？

蔚可可的思緒驀地中斷，她目光緊緊地盯在某一處，那裡是一刻他們睡覺的地方。有看到蔚商白、蘇冉……但就是沒看到一刻！

剎那間，蔚可可把自己剛發生的怪事拋到腦後。她瞠大眼睛，從左看到右，再從右看到左。

左邊是她家老哥，右邊是阿冉，中間的宮一刻真的不見了！

蔚可可差點吃驚地跳起，幸好她還記得左右兩邊的朋友仍在熟睡。她摀著嘴巴，躡手躡腳地站了起來，拎著擺在睡袋旁的鞋子，一步步向餐廳大門走近。

餐廳的出入口有兩處，門口旁都有人靠牆坐在那兒休息，若有任何緊急事件發生，才可以迅速反應。

前端的大門由牛郎織女顧守，俊美非凡的鬈髮男子正抱著黑髮小女孩，兩人閉著眼，明顯也陷在夢鄉中；後端的大門顧守人則是柳信然。

蔚可可沒有任何猶豫便選了後門。

一走近後門，從那足以讓一人側身通過的敞開門縫，便能發現一刻顯然也是從這裡出去的——或許他也沒把握能在不驚動到牛郎的情況下溜出去。

順利地溜出餐廳內室後，蔚可可這才鬆口氣，重新將鞋子穿好。

走廊上亮著的燈光提供了足夠的照明，使人不會像無頭蒼蠅般尋不著方向。

蔚可可他們待的地方是二樓，這棟建築物也才僅僅兩層樓。

沒有多想，蔚可可馬上找了樓梯口下去。爲了想快一步找到一刻，她還趁四下無人之際，讓右手背上浮現宛若植物枝蔓的淺綠神紋。

當神紋浮出，蔚可可的行動立刻變得超乎常人的敏捷迅速。她俐落地縱躍了兩次，便跨過那長長的樓梯；雙腳一沾地後，就又飛快地拔起身形。

那抹嬌小的身影，乍看下眞的如同羚羊在飛奔。

只不過一奔出屋外，蔚可可就硬生生地停下了腳步。她抱著雙臂，哆嗦地打了一個響亮的大噴嚏。

雖然屋外的雨勢已停，但夜半氣溫仍比白天低了幾度。更不用說才剛下過雨，空氣中的濕氣讓吹來的風顯得刺骨。

蔚可可後悔著出來時忘記多抓一件外套，現在再跑回去拿也來不及了。

可緊接著，蔚可可又驚覺到自己犯了一個錯誤：自己的噴嚏打得那麼大聲，萬一附近正好有人，豈不是會被抓包？

唔哇！被阿然老師訓話事小，假使被她老哥知情……蔚可可又再度打了個貨眞價實的哆嗦，但這次絕非風吹的緣故。

還沒先設法隱起自己的身影，蔚可可猛然感覺到——有人從背後搭上她的肩！

「噫——！」蔚可可駭得放聲大叫，但聲音剛溢出，一隻手已迅雷不及掩耳地緊緊摀住她的嘴巴，避免她尖銳的叫聲撕裂黑夜，吵醒餐廳內所有人。

「幹幹幹！蔚可可妳是想連死人也吵醒嗎？」一道少年嗓音咬牙切齒地咒罵著。

咦？這聲音……蔚可可一愣，驚悸褪去。她睜大眼，認出這道聲音的主人是誰。她立刻用力地將摀住自己嘴巴的手拉開，轉頭一看。

「宮一刻!?」蔚可可這回總算記得壓低音量，她用氣音吃驚地嚷，雙眸瞬也不瞬地瞪著自己最初想要尋找的白髮少年，「你怎麼會在這裡？」

「操！這句話是我要問妳才對吧？」一刻怒瞪著質問自己的鬈髮女孩。他注意到那聲響亮的噴嚏聲，沒想到靠過來一看，竟發現是蔚可可，「見鬼了，妳沒事跑出來幹嘛？還打那麼大聲的噴嚏，妳是怕沒人知道妳在這嗎？」

「囉、囉嗦，我又不是自願要打噴嚏的，誰知道外面會這麼冷啦。」被人當面一說，身爲女孩子的蔚可可不禁惱怒地跺跺腳，「人家平常明明很有形象的！」

放屁，我怎麼從來沒看過？一刻明智地將這句吐槽吞了回去，以免面前的女孩不顧音量大小地哇哇抗議，他可不想因此吵醒所有人。

瞄了一眼確實穿得單薄的蔚可可，一刻將自己身上的外套脫下來，扔蓋到她頭上

「穿上吧，免得妳感冒又要被妳哥唸。」一刻說，「蔚商白那張嘴巴，有時候實在是……嗯，很么壽。」

「對吧？對吧？連你也這麼覺得厚？」蔚可可抓下外套穿好。由於個子嬌小，穿在一刻身上合身的外套一到她身上，就變得像是大衣一般，連手指也被藏在袖子裡。

感覺到外套上傳來的暖意，蔚可可甜甜地露出笑臉，「宮一刻，你眞是個好人。」

「好妳去死，別亂發老子卡。」一刻翻了個大大的白眼，他可不想算自己到底收了幾張好人卡，「所以妳溜出來到底要做什麼？」

「做什麼？」蔚可可歪了下腦袋，老實地說，「就找你啊，因爲發現你不見了嘛。」

「……妳白痴嗎？妳就不會想說我是去上廁所嗎？」一刻無力地摀著額，還眞沒料到這丫頭偷溜出來的原因居然是爲了自己。

蔚可可眨眨眼，後知後覺地擊掌「啊」了一聲，似乎直到此時才想起還有這個可能。可很快地，她又不服氣地扠著腰，仰頭盯著一刻，「可是不對啊，你明明就不是去上廁所嘛。哪有人上廁所還跑到外面來？除非你喜歡在露天開放式的那種——好痛！」

「放妳老木。」一刻毫不同情地看著抱住腦袋的蔚可可，他甩甩手，「老子就是有事才出來，否則何必好好的覺不睡……啊幹！被妳一搞，我都忘了我是在跟蹤人。」

「跟蹤？」

「路上再和妳說，不想回去睡的話就跟我一起過來，敢發出太大的聲音就宰了妳。」扔下警告，一刻也不管蔚可可是要跟要留，自己率先大步地奔往一個方向。

蔚可可毫不猶豫，立即緊追在後，大大的眼睛裡滿是興奮的光采。

半夜！跟蹤！她嗅到事件的味道了！

在強烈的好奇心和期待之下，蔚可可隨著一刻，一路來到餐廳後的山坡上。

山坡上，僅矗立著一棟方形的單層建築物，牆外貼著白色磁磚，那正是一刻和蔚可可都曾去過的浴室。

裡面沒有亮燈，外面又被蒼鬱的林木包圍，這棟公共浴室在深夜下看起來有絲陰森。

「嗚喔！感覺不管從裡面爬出什麼東西都不覺得奇怪……」蔚可可嚥了下口水。

一刻根本沒仔細聽她在講些什麼，他左右張望了下，發現視野內沒有找尋的目標後，眉頭不禁皺得更緊。

「奇怪了，照理說是往這方向來的沒錯……」他低喃。

「什麼？宮一刻你到底是在跟蹤誰呀？」蔚可可壓低聲音問，「難道眞有人闖進來嗎？討厭！所以眞的有人摸我的臉!?」

「摸妳的臉？慢著，這又是怎麼回事？」一刻的臉色瞬間一凜，眼神凌厲。

「咦？所以沒人闖進……」一刻的反應讓蔚可可愈發困惑，她茫然地搖搖頭，「我睡覺睡到一半，覺得好像有人喊我的名字，還摸了我的臉，我就是這樣被嚇醒的……可是醒來也沒看到可疑人物，大家都在睡覺，然後我就發現你不見了，才會……」

一刻總算知道蔚可可會突然跑到屋外找自己是爲什麼了。

「妳說有人摸妳？但我出去前，很肯定沒有人混進去。」一刻抱著雙臂，語氣嚴肅地說，「而且蘇染也不可能沒反應。還有蘇冉，要是有什麼不對勁的聲音，他會第一個先醒過來。」

「我也是這麼想，才想說該不會是自己噩作夢嚇到自己……欸，宮一刻，你好歹也用『小染』或『阿冉』叫啦，否則我哪知道你在說哪一個？」蔚可可抱怨道。

「誰管妳啊，我知道在喊哪個就行了。」一刻白了她一眼。

「小染他們居然也有辦法知道你在喊哪一個，這比神奇還神奇了……啊，不對不對，現在重點不在這裡！」蔚可可猛地發現自己離題，趕緊搖搖頭，「宮一刻，你還沒說你在跟蹤誰呢。」

「我是在……」一刻剛說了三個字，便突然打住。他瞇起銳利的眼，迅速地看往一處。

不單是他，就連蔚可可也訝異地盯住某個地方。

「這個是……」蔚可可動了動鼻子，從吹來的風裡嗅到了一股味道，「菸味？爲什麼這時候會有菸味？」

「廢話，不就是有人在抽菸嗎？」和蔚可可臉上的困惑相反，一刻卻是露出了野獸即將捕捉到獵物的凶狠表情。

抓到你了——一刻嘴邊的獰笑清清楚楚地透露出這個意思。

不待蔚可可反應過來，一刻不加思索地追著飄來菸味的方向而去。

見狀，蔚可可也慌張地追了上去，她可不想大半夜地被人獨自留在這兒。

一刻沒有花太久時間就找到菸味的來源。

在離公共浴室再遠一點的地方，赫然有三抹人影蹲踞在那兒，其中三點橘紅色光點特別明顯，那正是燃燒著的菸頭。

「有人——！」目睹這一幕的蔚可可大吃一驚，她雖是用氣音喊，但馬上就被一刻掩住嘴，快速地將人拽往足以掩蔽他們身影的樹後。

「嗯?是不是有什麼聲音?」三人組中的一人敏感地抬起頭，朝一刻他們藏身的方向看了看，但什麼異樣也沒發現。

「你聽錯了吧?這種鳥不拉屎的地方，誰會特地跑來?」另一人取笑道：「而且其他人都還在餐廳裡睡得像豬一樣呢。對吧，亦凱?」

亦凱?難道是吳亦凱?聽見陌生少年的聲音喊出了自己認識的人的名字，躲在樹後的蔚可可倍感愕然。

可是，不可能吧?那三個人可是偷跑出來抽菸呢，但身爲八班班長的吳亦凱，不是師長眼中的好學生嗎?

就在蔚可可大感疑惑時，響起了第三人的聲音。

「用不著擔心，不會有人發現我們溜出來的，柳信然那傢伙睡到恐怕連雷都打不醒。」那道男中音惡意地嘲笑著。

隨即另外兩人也發出了哄笑聲。

一刻緊擰著眉頭，覺得第三人的聲音似乎似曾相識，但一時又想不起來。他謹慎地稍稍探出頭，發現離他最遠、同時也是第三個說話的人的，是名戴著無框眼鏡的少年，眉眼有著三分傲氣、嘴角帶著七分慵懶，手指正相當熟練地彈著菸灰。

從這小動作來看，就可以知道他不是第一次抽菸。

「那傢伙……」一刻瞇著眼，「誰啊？」

蔚可可無言地扭過頭，看著後方的白髮少年，再無言地嘆了口氣，暗暗告訴自己別再對宮一刻的認人能力呈負值的事感到訝異。人嘛，畢竟沒有十全十美的。

「妳那種同情的眼神莫名地讓人感到火大。」一刻用嘴型咬牙切齒地說。

「錯覺，你那是錯覺。」蔚可可也用嘴型無聲地回答，「那是吳亦凱，今天在車上還和你對嗆的吳亦凱，另外兩個也是八班的人吧。我沒想到原來他會抽菸，他明明給人好學生的印象啊。」

「得了吧？這有什麼好吃驚的？」一刻倒是不覺得有哪裡好驚訝，人都有著不為人知的一面，「江言一那傢伙還是二年級第一名咧，雖然我懷疑他們二年級的人都死光了。」

「這樣我哥會哭的啦，他也是二年級耶。」蔚可可說，接著她終於恍然大悟，「宮一刻，所以你想跟蹤的就是他們三個？」

「我發現他們溜出去，鬼鬼祟祟的，才想弄清楚他們在幹嘛。」一刻回答道：「好了，閉嘴，安靜聽。」

蔚可可點點頭，還特地用雙手摀著嘴巴，預防自己無意中發出什麼聲音。

沒發覺到樹後還躲著一刻和蔚可可兩人，利用半夜溜到此地抽菸的三名少年，依舊有一搭沒一搭地閒聊著，話題大多是抱怨學校、抱怨這次班遊。

忽然間，「蔚可可」的名字從他們口中冒了出來。

蔚可可一驚，連忙拚命豎起耳朵，深怕錯過什麼訊息。

「眞沒想到，那個蔚可可居然在和宮一刻交往……」

「這根本是今天最驚悚的消息吧？宮一刻？見鬼了，是那個宮一刻耶！她怎麼可能跟他在一起呀！」

「誰知道？天曉得蔚可可是不是被人抓到什麼見不得人的把柄？」吳亦凱懶洋洋地吸了一口菸，再吐出菸圈。

樹後的蔚可可愣住了，她以爲自己和吳亦凱的交情還算不錯，卻怎樣也沒想到對方會如此談論自己。

渾然不知話題中的兩名當事人也在場，另外兩名少年一聽吳亦凱這麼說，忍不住更加興致勃勃地追問起來。

「見不得人的把柄？喂喂，會是什麼啊？」

「蔚可可很正、很可愛耶！亦凱，你不是也很想把她？」

「噗哈哈！你還提這事？你沒看他今天都跟宮一刻正面對決了？靠！吳亦凱，你眞的超有勇氣耶，是勇者！」

「像宮一刻那種人，哪有可能在那麼多人面前對我動手？那種不良少年，說穿了只要人多勢眾，就會被嚇得什麼事也做不了，所以我都是算計好的。簡單來說，都是傳言把他傳得太可怕，其實只要動動腦子，有得是辦法。不過，我猜他也沒帶那東西在身上吧。就我來看，他也只是個……」吳亦凱動了動左手小指，嘴角拉出不屑的笑，「小孬孬而已。」

——！蔚可可只覺心裡瞬間有股龐大的火焰要炸裂開來，憤怒佔據了她甜美的臉蛋，甚至就連右手背上的神紋也隨著激動的情緒乍隱乍現。

王八蛋！那個爛人，去死吧！蔚可可氣急敗壞地就想衝出去，最好將狗嘴吐不出象牙的吳亦凱痛揍一頓，再也不准他污辱她的朋友。

「喂！蔚可可！」卻是一刻猛力將想衝出去的蔚可可架住，為了怕她出聲驚擾到那三人，他還不得不一手摀著她的嘴巴，「妳這是在幹什麼？妳想讓我們被發現嗎？」

但、但是！蔚可可氣忿不甘地用眼神回視一刻，不敢相信他怎能忍得下這口氣。

「那種只會吠的狗不會咬人，妳理他幹嘛？」一刻冷笑，對吳亦凱的大放厥詞只覺得連在意都沒必要，「我說過了吧？要是妳太大聲就宰了妳。」

即使知道一刻的威脅只是爲了轉移她的注意力，蔚可可仍對吳亦凱的言行感到餘怒難消。她深深吸了一大口氣，強迫自己先冷靜下來，大不了明天再不經意地將這事透露給小染和阿冉，然後他們一起聯手蓋吳亦凱那王八蛋布袋！

像是覺得笑夠了，吳亦凱左邊的少年又問道：「喂，亦凱，所以你眞的放棄蔚可可了？你之前不是跟我們說，無論如何都要把到她嗎？」

「之前是之前。」吳亦凱撇撇嘴角，「我只是看她可愛，可以帶出去向人炫耀，而且人又挺蠢的，估計隨便哄哄都能弄上手。誰知道她的眼光差到那種程度，竟然寧願選擇宮一刻。虧我本來還想趁這次班遊把到她，誰想得到……嘖，算了，反正是她眼光爛，我就等著看她跟宮一刻在一起後哭哭啼啼的。到時就算哭著求我回頭，我也對她沒興趣了。」

「渾蛋！誰回頭啊？根本就沒人跟你交往吧！」蔚可可心頭火直冒，朝吳亦凱的方向比出一記中指，但也沒像方才那樣衝動得想跑出去直接與對方翻臉。

只是蔚可可馬上又發現不對勁，她身邊的一刻安靜得有些嚇人。她納悶地仰起頭，頓時臉色大變。

白髮少年的表情猙獰到像是要殺人了。

蔚可可就算不問，也知道一刻是想將誰大卸八塊。她不敢遲疑，趕緊眼明手快地一把抓住他的手臂，使上了全身的力氣。

「宮一刻、宮一刻，你可別衝動。」蔚可可緊張地用氣音嚷，「會吠的狗不會咬人啊！所以乖，吸氣、吐氣、再吸氣，這個世界很美好的。」

「喂，你們有沒有聽到什麼聲音？」吳亦凱驀地警覺地喊，手中的菸立刻扔下，他迅速踢了一些土蓋住香菸。

另外兩名少年也連忙照做。

三人警戒萬分地東張西望，想確認是否眞有其他聲音傳來。

藏身在樹後的一刻和蔚可可當下繃住身體，連動也不敢動，就怕他們的蹤跡會被人發現。

已經站起來的三人，很快朝著一個方向邁出了腳步——

躲在樹後的白髮少年和鬈髮女孩卻是愣了愣，因爲腳步聲不是朝他們靠近，而是呈反方向離他們越來越遠。

怎麼回事？難道那三人聽見的聲音不是他們的嗎？

一刻訝然地與蔚可可對望一眼，在彼此的眼中看到相同的疑惑，緊接著他們猛然又想到了同一件事。

照吳亦凱的態度和表現來看，他根本不可能會是那個跟蹤狂！

一刻想起下午蔚商白傳給他的那封簡訊，終於明白爲何吳亦凱當時的欲線沒有特別動靜。

怎麼可能會有動靜？欲線是欲望的眞實反應，吳亦凱只是純粹覺得蔚可可好像很簡單就能弄上手，對她本就沒有太深的執著，發現難度超乎想像，很乾脆地便打了退堂鼓。

可是，既然如此，假使吳亦凱不是那名跟蹤狂，那麼在這次參加班遊的十幾名男孩子中，又有誰可能會是？

「宮一刻？宮一刻？」發覺一刻似乎陷入自己的思緒，蔚可可趕忙晃了晃他的手臂，「你在發什麼呆？我們還要再跟過去嗎？」

「幹，差點忘了。」一刻彈了下舌頭，「跟過去，看他們究竟在搞什麼鬼。」

話聲剛落，一刻就採取了行動。

見狀，蔚可可也不敢放慢速度地一起跟了上去。

第九針

雖然吳亦凱他們三人跑進了公共浴室後方的樹林裡，那裡沒有燈，小路也岔得亂七八糟，但對於一刻和蔚可可來說，要找到他們並不是什麼太困難的事。光是從他們完全未經刻意壓小的腳步聲就能判斷出他們的位置。

不久，一刻和蔚可可就發現了三人的身影。

那三名少年不知在看什麼，矗立在原地，一動也不動。

一刻他們藏身的地方角度不佳，沒辦法看清楚。

蔚可可按捺不住強烈的好奇心，忍不住想探出頭看得更清楚，卻被一刻一掌壓回。

對於蔚可可抗議的眼神，一刻只是指了指上方。

蔚可可先是一愣，隨後反應過來。

下一剎那，一刻的無名指和蔚可可的手背上都浮現神紋，兩人快速又無聲地一同竄上了樹間，直接以濃密的枝葉當作掩護。

樹上是個可以輕易觀察下方動靜的好地點，一穩住身子，蔚可可頓時就迫不及待地向外望去，想知道吳亦凱他們三人是在看什麼看得那麼入迷。

這一看，蔚可可的俏臉刷白，她花容失色得差點驚叫出聲，幸好她事前早已預防萬一地先用手摀住嘴，因此最後溢出指縫間的只是一道微弱的呻吟。

一刻的反應雖然不像蔚可可那般激烈，但臉色也有些難看。

——任誰看見眼前有一大片墓地，相信臉色都不會好看到哪裡的。

尤其這個地方還是銀河遊樂園的後山地帶。

換句話說，銀河遊樂園的後山居然是一大片墳墓！

蔚可可緊緊地摀著嘴巴，她現在才知道原來吳亦凱他們不是看什麼看得入迷，而是被這一大片的墳墓給驚得呆住了。

「爲、爲什麼遊樂園會有墳……會有夜總會啊！」一聲接近悲鳴的尖銳叫聲突地爆開。

蔚可可起初還以爲是自己叫出了聲音，因爲她內心此刻也正發出同樣的哀號。不過下一秒，她馬上發現喊出聲的是吳亦凱左邊的少年。

那名少年看起來緊張又慌亂，「喂，亦凱，你到底爲什麼要挑這裡當班遊地點？你根本沒說這裡有夜總會啊！」

咦？挑這地方當班遊地點？蔚可可訝異地睜大眼，她還是第一次聽說班遊地點是吳亦凱挑選的。

「那是因爲我根本就不知道，誰知道這裡會有見鬼的墳墓。」相較之下，吳亦凱的反應比起同伴冷靜了許多。

「什麼見……別說那個字啊！萬一阿飄眞的跑出來怎麼辦？」另一名少年白著臉，不安地說。

「拜託，雖然遊樂園裡有墳墓很嚇人，但現在都什麼時代了，你們還信世上眞的有鬼嗎？」吳亦凱不屑地一扯嘴角，他甚至還不在意地上前一步，拉近與墓地的距離。

隱身在樹上的一刻和蔚可可撇撇唇角，心想眞該讓那傢伙到南陽大樓看看，包準可以和鬼來個最近距離的接觸。

「就算是這樣……」最先發出尖叫的少年不滿地說，「亦凱，就算你不知道，也沒必要選了這麼爛的地點吧？沒熱水、浴室在外面，還得睡餐廳地板……靠！根本是爛透了！」

「你很煩耶，這地方又不是眞的是我選的。我當初只是提了這個地點，誰知道柳信然會決定要來這裡。」吳亦凱不悅地回道：「你們要怪也要怪六班那個實習老師吧？誰教他堅持要來這個愛情符的發源地。」

「愛情符……噗！」也不知道是想到什麼，本來還對墓地有所顧忌的一名少年控制不住地笑出了聲，「不行了，說到那個愛情符，我就忍不住……那哪是什麼愛情符？明明就是你無聊把要丟的東西扔到網拍，還掰了那種鬼傳言，哪有可能不收下就會被詛咒嘛！」

「啊！你說那個嗎？那個眞的太經典了！」另一名少年也忍不住哈哈笑起，一時忘了對墓地的害怕，「居然還在我們學校造成流行？太扯了！」

「就是有人會蠢到相信，我有什麼辦法。」吳亦凱聳聳肩，「我家以前是專門幫人做紀念品代工的嘛，剛好整理房子時發現還有一箱這玩意。聽我老爸說，是銀河遊樂園覺得銷路不好，就不再進貨，反正閒著也閒著，乾脆把它丟上網拍，誰知道效果那麼好，一堆人搶著要。我可沒拿槍逼著人買，是他們自己要花錢的。」

聽到這裡，蔚可可的眸子早已瞪得又大又圓。她怎樣也沒想到，在利英造成流行的愛情符，居然只是吳亦凱無聊時弄出的騙局！

蔚可可想起班上女同學拿著愛情符認眞害羞的模樣，想起柳信然對愛情符深信不疑。

「太……太過分了！居然蹧蹋大家的純情！」忿忿不平下，蔚可可喊出了聲音。

「誰！」吳亦凱一驚，立即回頭，但放眼望去只有一片漆黑，沒有他們以外的身影。

蔚可可萬分慶幸自己是躲在樹上，一般人根本不會特意往上看。縮著肩膀，她無比抱歉地覷了一刻一眼，對方的眼中正明明白白寫著「妳這白痴」這幾個大字。

「亦凱，是剛剛那個聲音嗎？」一名少年掛不住笑容，戰戰兢兢地問。

「對了，那個聲音……我們是追著那像是哭聲的聲音來的吧？」另一名少年不安地嚥了嚥口水，重新回想起他們跑來此地的目的，「可是怎麼突然又不……哇啊！」

少年忽然慘叫出聲，他的慘叫造成了同伴的連鎖反應。

「噫！」

「閉嘴，你們兩個到底有完沒完！」吳亦凱忍無可忍地啐罵道：「只是女孩子的哭聲，哪裡嚇人了？」

話才剛脫口而出，吳亦凱似乎也醒悟到自己說了什麼。他愣然地閉上嘴，掩不住驚疑地四處張望。

樹上的一刻與蔚可可也是面露錯愕，他們不單將底下三人的對話聽得一清二楚，同時還聽見了另一個聲音。

哭聲，女孩子的哭聲。

誰？在哪裡？一刻和蔚可可立即想找出對方的身影，他們完全沒察覺到有第三人靠近。當他們發現在墓碑與墓碑間不知何時蹲著一抹人影時，吳亦凱他們同樣也注意到了。

那是一名頭髮相當長的女性，烏黑的髮絲蓋住整個背部，使她乍看之下更顯嬌小。

「喂，亦凱！」注意到吳亦凱竟然想朝那名不知是人是鬼的女性走去，一名少年緊張不已地嚷道：「別過去，我們快走……我們快走吧！」

「用你的眼睛看清楚，人家可是有影子的。」吳亦凱不客氣地嘲笑自己同伴的膽小。

一聽到對方有影子，另外兩名少年的膽子也不禁稍微放大了些，最起碼可以確定那名女性是人不是鬼。

然而即使如此，隱身在樹上的一刻和蔚可可仍覺得有哪裡不對勁。

就算那人有影子，但她真的會是「人」嗎？有哪個女孩子會在半夜跑來墓地裡哭的？

正當一刻他們猶豫著該不該跳下樹時，吳亦凱已經來到那名背對他們的人影身後。

懷著好奇與搭訕之心，吳亦凱出聲了，「小姐，請問妳發生了什麼事情嗎？需不需要我的幫忙？」

女性的哭聲乍然停住了，然後，她維持蹲著的姿勢轉過身來——

「噫呀！」

「幹拎祖罵！那三小！」

躲在樹上的蔚可可和一刻分別爆出了慘叫及咒罵，他們的聲音此時完全忘了掩飾，但下方的吳亦凱三人卻誰也沒多加注意。

因爲他們在那抹身影轉過身、與他們面對面的刹那間，就已經當場被嚇得眼一翻，直挺挺地倒地昏死過去。

原來那根本不是什麼女孩子，而是一朵長著頭髮的駭人大花！

花朵比人臉大這點不說，中間還咧開一張可怕的嘴巴，布滿著尖銳得像能把人的手臂一口咬斷的漆黑牙齒。

這樣的畫面對見過各種瘴的一刻他們都覺得衝擊了，更遑論只是一般人的三名少年。

宛如怪物的花朵發出了古怪的低哮，「留下來……留下來……欺騙，不可原諒……留下來！」

花朵的綠莖驟然伸長，咧開的大嘴眼看就要朝一名少年咬去。

「留你媽啦！」一聲厲喝劃破夜空，一抹人影迅速地自樹間掠出，張手就朝虛空一抓握，橙色的詭譎花紋瞬間從他的無名指湧出，在空中化成螺旋狀的實體。

下一刹那，一柄細長白針被手臂的主人猝然抓出。

不待花朵往上仰望，一道白痕早已迅速劈下，當場將那朵怪物般的大花給劈斬成兩截。

一刻俐落地自空中落地，他一腳剛踩上地面，蔚可可也已跑了過來。

「太厲害了啦，宮一刻，你害我都沒有出手的機會了！」蔚可可抓著她召出的彎弓抗議，但那張甜美的臉蛋上更多的是佩服的笑意，「嘿嘿，不過真的很厲害。」

「只不過是把一朵花劈了，有什麼好厲害的？」一刻向來不擅長面對他人坦率的讚美，他繃著臉，故意裝作沒好氣地說道：「妳那麼想出手，下次要碰到十隻，就全讓給妳好了。」

「咦？我才不要，太虐待人了啦！」蔚可可用力搖頭拒絕，可隨即又忍不住掩著嘴，兀自竊笑起來，看穿一刻的態度只是因爲困窘。

「幹，笑屁啦！」一刻惡狠狠地瞪了蔚可可一眼，接著像是不想再多加理會她，他蹲下身來研究那朵被他劈成兩半的詭異大花是怎麼回事。

不敢貿然行事，他還用白針試驗性地戳了幾下，但才戳不到三下，動作便猛然停住了。

並不是因爲那朵花忽然又咧開嘴，而是——

「地、地震嗎？」蔚可可的笑容也凝住了，她慌張地看著腳底下，感覺到地面傳來些許震動。可是，只有震動感，沒有一般地震會有的搖晃。

蔚可可望向一刻，再隨著一刻的目光往他們身後那片墓地看去。

兩名年輕的神使都看見部分地面漸漸隆起，簡直像有什麼要從裡頭鑽爬出來。他們兩人的腦海瞬間閃過了殭屍、骷髏，以及之前看過的恐怖片裡的各種怪物。

怪物！下一秒，一刻和蔚可可同時低下頭，被斬成兩半的大花映入他們的眼中。

「靠杯……」一刻喃喃地說。

「千萬不要……」蔚可可看起來快哭出來了。

兩人的視線再次對上。

電光石火間，白髮少年和鬈髮女孩不假思索地採取了行動。

「拎娘咧，先閃再說！」一刻的白針化爲光束鑽進神紋裡，他一手各拎抓一名昏過去的少年，拔腿就衝。

「哇！爲什麼偏偏留吳亦凱給我啦！」同樣收起武器的蔚可可一見到自己負責吳亦凱，登時抗議地哇哇叫。但在一刻一句「老子怕中途失手弄死他」後，她也只好抓起昏迷的人，加入逃跑的行列。

身後是轟隆聲連綿響起，一刻和蔚可可誰也不願回頭看。他們便用神使的力量，即使各自帶著人也不會拖慢他們的速度。

短短幾分鐘，他們就已奔下山坡，回到了餐廳前。

轟隆聲又消失了，什麼也沒有追下來，後山上見到的異變簡直像場夢。但一刻和蔚可可卻已無暇在意，因爲撞入兩人眼裡的，赫然是二樓內燈光大亮的光景。

怎麼了？出了什麼事？一股不安的感覺如同閃電般劃過一刻和蔚可可的心頭。不敢有所遲疑，他們衝進建築物，馬不停蹄地直奔二樓，也不管自己手上抓著的人會不會因此撞到了手或腳，或是腦袋。

一眨眼的工夫，白髮少年和鬈髮女孩便奔至餐廳內室的大門前。

將抓著的人隨手扔在走廊邊，一刻一把推開了沒有關緊的門板。

餐廳內室燈火通明，所有燈光都被打開，照得每一個角落清清楚楚。

可是，在這偌大的空間裡，一刻和蔚可可只看見滿臉驚惶神色的柳信然。

一向給人斯文穩重形象的實習教師，此刻像受到莫大驚嚇般瞪著猛然闖入的一刻和蔚可可，但接著他就焦灼不已地衝了上來。

「一刻！可可！」柳信然像是難以相信自己所見般抓住兩人的手，「你們沒事？太好了……太好了……」

「阿然老師，你在說什麼？我和宮一刻只是……對，我們是去上廁所。」蔚可可胡亂地編了一個理由，也不管是否能讓人信服，她抽回自己的手，越過柳信然向前走了一、兩步，左右看了看，然後茫然又不安地回頭問了，「阿然老師，其他人呢？爲什麼大家都不見了？」

「大家……」柳信然蒼白著臉，困難地吐出這兩個字後，就像說不出話般搖了搖頭。

「他們到底是上哪去了！」見柳信然這副模樣，一刻心中不祥的預感越擴越大，頓時再也沉不住氣，粗暴地扯住柳信然的衣領，拔高聲音厲聲質問道：「蘇染、蘇冉、蔚商白、織女、牛郎，我的朋友他媽的到底是上哪去了！快說！」

「宮一刻！」蔚可可忙不迭衝過來拉開一刻的手，對方畢竟是他們的實習老師，「你這樣阿然老師也沒辦法說，你先冷靜……老師，拜託請你快告訴我們！」

面對蔚可可心焦難耐的追問，柳信然撫著脖子咳了咳，閉上眼，低啞地說，「我不知道……我一醒來，就發現所有人都不見了……」

一刻和蔚可可呆住，他們兩人的大腦在這瞬間一片空白，什麼也無法思考，只能怔怔地看著說出驚人事實的柳信然。

最後，蔚可可腿一軟，跌跪在地，茫然地吐出了兩個字：

「騙人……」

根據柳信然的說法，他是突然感覺到冷才醒過來的。

他感覺到似乎有風從哪裡吹入，擔心會有人因此感冒，打算去將不知哪扇打開了的窗戶給關起來。

但才剛走一、兩步，便驚覺不對勁。餐廳內再怎麼漆黑，也還是能大略視物，然而在他視野所及，卻看不見任何一名應該在熟睡中的學生。

不安的情況下，顧不得突來的光線會不會因此驚擾到他人，他當機立斷地打開了手電筒，卻怎樣也沒料到，除了他自己以外，所有人居然都不見蹤影，簡直像憑空消失一樣！

不敢置信之餘，他馬上就衝到走廊上四處尋找，但找遍了一、二樓，連個人影也沒發現。

「有和園方聯絡過了嗎？」聽完柳信然的敘述，蔚可可焦急地追問道。

柳信然沉重地搖搖頭，「聯絡不上……不知道爲什麼，我打了多通電話都無人接聽。不止如此，就連我想報警也……」

「……被什麼東西擋住通訊了嗎？」一刻喃喃低語。

之前在解決瘴的多次任務中，他也曾碰過一、兩次類似情況，按照織女當時的說法，是有結界圍在外頭，將人關在裡面。

問題是，有誰會做這種事？他們來到遊樂園時，並沒有發覺不對勁……就連織女和牛郎也沒人感覺到異樣的氣息。

「一刻、可可。」柳信然沒有聽清楚一刻在低喃什麼，他忽然兩隻手各搭上一刻和蔚可可的一邊肩膀，表情嚴肅、凝重地說：「不管發生什麼事，老師一定會找到其他人，現在最重要的是和遊樂園的人取得聯絡，可可是女孩子，就留在這裡，只要把門窗都上鎖，這裡會很安全的，一刻和我一起到外面尋求援助。」

「等一下，阿然老師！」聽完柳信然的分配，蔚可可頓時沒辦法接受地抗議出聲，「爲什麼我要留下？我也可以幫忙！」

「不行，妳是女孩子，太危險了！」柳信然想也不想地拒絕。

「什麼危險？我……」蔚可可本想據理力爭，她明明也可以加入行動的行列，爲什麼卻得被迫什麼也不做地留在餐廳裡？但她身旁的一刻突然伸手攔在她身前，用著不耐煩的語氣打斷了她想說的話。

「我自己一個人行動。」一刻不容他人反駁地說，「蔚可可，妳和老師一起。就這樣，不要再浪費時間在這裡爭來爭去了。」

「咦？我和阿然老師？」我自己也可以呀！瞥見一刻投來的警告眼神，蔚可可聰明地吞下最後一句話。她大致可以猜出一刻的用意，讓一刻單獨行動，他可以不用隱瞞神使的力量，而要她和柳信然一組，想必是要她保護只是尋常人的他。

雖然內心還是有點不滿意，不過蔚可可也沒了意見。她的眼眸在垂下的眼睫後滴溜一轉，心想要是再不行，大不了就將阿然老師弄暈，以免被他看見一些令人無法置信的景象。

「讓可可和我一起……這樣還是不適當，一刻。」柳信然仍大感不放心地搖搖頭，「我覺得還是……」

「夠了，其他人不也是在這裡消失不見的？放蔚可可一個人在這裡，就眞的安全嗎？」也不管對方是老師，一刻冷著臉，態度強硬地扔下自己的決定，「隨便你要怎麼想，老子沒興趣繼續浪費時間了。」

說完，一刻眞的毫不猶豫地轉身走向大門，要他再無所事事地待在這裡，他會受不了的。織女他們忽然間全沒了蹤影，沒人敢保證他們是不是正面臨著危險，一想到這裡，一刻就連一秒也待不住。

焦灼和不安就像一把火焰，快將他從內到外一舉吞噬。

「慢著，一刻……一刻！」柳信然見狀只能心一橫，咬牙也做出決定，「不管有沒有發現什麼，固定一小時回來餐廳前集合一次！務必小心安全，我也會拚命保護可可的！」

一刻回頭望向柳信然，再瞥向暗中向他做出「沒問題」手勢的蔚可可。他點點頭，表示自己有聽見。

「我這邊不會有問題的，你放一百……不，放三百個心吧。」蔚可可以口形無聲地再對一刻做出保證，她甚至還自信地拍拍胸脯，又舉起手臂彎了彎，擺出一個如同展示肌肉的姿勢，只不過那纖細白皙的胳膊完全沒有任何突起。

一刻差點想當場翻出一個大白眼，最後還是忍下，只是回了一抹鄙夷的笑，大有「憑那小胳膊，也想賣什麼肉」的意味。

或許是注意到一刻和蔚可可之間的小動作，柳信然忍不住來回地看了兩人好幾眼。

一刻在踏出餐廳內室大門時，還聽見柳信然問著蔚可可「你們感情眞好，眞的沒在交往嗎？」，蔚可可則是笑嘻嘻地回答「還沒交往，不過超喜歡的」。

踏出大門的一刻終於還是翻了一個大白眼。

是啊是啊，尤其是在能幫忙擋下蔚商白的怒氣時最喜歡了吧？

知道蔚可可說這話，只是爲了符合當時在遊覽車上製造的假象，一刻也懶得拆她的台。更何況，柳信然一開始就被排除在跟蹤狂的嫌疑名單外——不是學生、身高不吻合，還另有喜歡的人——因此也毋須擔心他聽見這話會受到什麼刺激。

沒有往樓梯口的方向走去，一刻走向相反方向，來到另一端走廊盡頭的窗戶前。

如果這時候有人目睹他的動作，想必會緊張地衝上前試圖阻止。

因爲那名染著張狂白髮的少年，居然是直接打開窗戶，一腳踩上窗緣，然後迅速地縱身躍下。

就算這裡僅是二樓，可是由於兩層建築物都特意挑高，實際上高度已接近三樓，輕率地跳下，即便沒有送掉一條命，也難逃摔斷哪個部位的命運。

但是，沒有。

什麼事情都沒發生。

沒有任何防護措施就從高處縱躍下來的白髮少年，在弓著背、一雙腳沾地的下一秒，便迅速地直起身子，全然無傷，彷彿這樣的高度對他來說，只是幾級階梯的距離。

一刻深吸一口氣，瞇眼觀察著被夜色包圍的四周。

夜裡的遊樂園安靜得毫無聲息，就連之前曾出現異變的山坡方向，如今也是一片沉靜，像是什麼都不曾發生過，一切似乎都陷入了沉睡之中。

然而突然間，一盞熄滅的路燈無預警地亮起了光芒。

一刻大吃一驚，反射性朝光源抬頭望去。沒想到就在這短短一剎那，矗立在道路旁的路燈接二連三地一盞盞亮起，朝前方一路連綿，立時驅散了大半黑暗。

當道路盡頭的最後兩盞路燈亮起，一刻的面前如同鋪展開一條光之道。

緊接著，光芒開始向四周擴散，不再限定路燈。

一刻怔怔地佇立原地，看著另一端的遊樂廣場也出現了亮光。

啪！

先是旋轉木馬周邊的燈亮起，再來是咖啡杯、海盜船、雲霄飛車，最後是摩天輪，接著是悠揚的樂聲飄了出來。

隨著音樂響起，所有亮起燈的遊樂器材竟然有志一同地運轉了起來。

無人的旋轉木馬繞著圈跑，無人的咖啡杯在場內高速旋轉，無人的海盜船從小幅度擺晃成大幅度，無人的雲霄飛車呼嘯蜿蜒，無人的摩天輪則慢慢地輪轉起來。

整座銀河遊樂園像是從沉睡中甦醒過來。

不單如此，那些無人操控下自動運轉的遊樂器材，從中憑空冒出一顆又一顆的小小光球。光球像小燈泡般，散發出銀白色的淡淡光芒，沒一會兒工夫便布滿了整座遊樂園。

乍看之下，遊樂園簡直像飄起了銀雪。

樂聲飄揚，彩色的燈泡閃爍，依稀間好像還能聽見歡快的笑語翻騰。一切如夢似幻，卻又深深地教人感到古怪悚然。

白髮少年震驚地望著眼前像是活過來般的遊樂園，一時之間竟不知該如何反應。

「一刻大人……」驀地，一道稚氣的小男孩嗓音瞬間拉回一刻的神智。

不待一刻尋找起聲音來源，他的手臂上已浮冒出一條銀白小蛇的身影，轉眼間小蛇鑽竄而出，化成了銀髮藍眼的孩童樣貌。

「一刻大人，吾聽到了一切，請讓吾也幫你的忙。」恢復爲人形的理華迫不及待地說，蔚藍的眼眸裡閃動著堅定認眞的神采，「拜託了！」

「別開玩笑了，你當我是沒看見你的身體還半透明的嗎？」一刻卻是沉下臉，語氣嚴厲地命令道：「你這小鬼要做的事就是乖乖回我身體裡睡覺！」

「吾是理華，不是小鬼。一刻大人，請讓吾幫你。」理華固執地仰著小臉，雙眸瞬也不瞬地望著一刻，「吾可以感受到有一絲與吾相同的微弱氣息。」

「與你相同？」一刻沒想到會從理華口中聽見這話，他愕然地睜大眼，不明白這座擺明古怪異常的遊樂園，怎會冒出和理華相同的氣。

理華可是淨湖守護神獨立出來的力量分身，和他相同的氣，難道是仙氣……不，不對！一刻在剎那間變了臉色。

他原本疑心這次的事件，該不會是那多次阻撓他們的神祕人士設下的。他沒忘記織女曾說過，她在對方的結界上感應到妖氣與仙氣。可是他很快又反應過來，理華說的「相同」，指的是和他同出一源。

除了他的本體淨湖守護神外，會和他擁有同樣氣息的，就只有淨湖守護神的兩位神使，蔚商白和蔚可可！

而蔚可可還活蹦亂跳的……

「小鬼，你有辦法找出蔚商白那傢伙的位置嗎？」一刻立即問道。

理華轉頭看向被燈火包圍的遊樂廣場，他閉下眼再睜開，然後筆直注視著一刻，用力地點點頭。

一刻耙了耙一頭白髮，當他放下手，似乎也做好了決定。

「不准衝動，不准亂用力量，找到蔚商白就乖乖回到我身體裡。」一刻朝理華伸出三根手指，沉聲說道：「做得到就讓你幫。」

理華愣了愣，眨下眼睛，下一秒像是猛然了解一刻的意思，他雙眸發亮，潔白清秀的小臉上更是綻放出欣喜的笑容。

「是的，請交給吾吧！」理華挺直背。

「很好，接下來就讓我們去見識一下，這座遊樂園究竟在搞什麼鬼！」一刻的眸裡迸出凶光，他露出凶狠的笑，左手無名指上的橘色神紋同時亮起熾亮的光芒，「我，宮一刻，發誓對織女奉獻出真心、忠誠，在此說出我願意。指令，戰鬥——」

橘色光紋自無名指竄出，凝化實體，旋即又交叉纏繞形成螺旋狀模樣。

「開始！」一刻迅雷不及掩耳地伸手探進不到一秒便組合完畢的螺旋光紋內，從中抽出一根細長如劍的白針。

沒有任何遲疑，一大一小的身影立刻朝著前方的道路直奔而去，奔往夢幻又怪誕的遊樂園中心。

遠方，七彩絢麗的燈泡還在閃爍，歡快的樂聲還在悠揚響起。

第十針

似乎有什麼聲音一直徘徊在耳邊，聽起來就像有首歡快的歌曲在不停播放著，時而大聲時而小聲，時而高亢時而微弱，最後變成了甜蜜又尖銳的笑聲。

咯咯咯咯咯——嘻嘻嘻嘻嘻——哈哈哈哈哈——

笑聲猛然拔成惡毒，像把錐子似地狠狠扎進了少女和少年的意識裡。

蘇染和蘇冉猝然睜開眼，然而映入眼內中的，竟是全然不見五指的黑暗。

這是怎麼回事？他們在哪裡？蘇染和蘇冉內心一凜，在確認過彼此就在身邊後，他們馬上試圖掙脫出此刻的困境。但他們很快發現到，他們是被困在一個狹窄的空間裡，與黑暗融爲一體的堅固障壁圍在他們四方，不論如何推撞都無法撼動分毫。

在這個空間裡，就只有漆黑和死寂環繞著他們，除此之外一無所有。

他們異於常人的「視力」與「聽力」，在這裡根本毫無英雄用武之地。

沒有因爲這份詭異的狀況失了冷靜，被囚禁在黑暗裡的雙子握住了彼此的手。

「蘇冉。」蘇染說，她的右頰攀爬上妖麗的紅紋。

「蘇染。」蘇冉也說，他的左頰也攀爬上妖麗的紅紋。

彷彿單靠這一聲呼喚就能明白對方心裡所想。蘇染和蘇冉安靜下來，他們閉上眼睛，又迅速睜開。

當那兩雙淺藍眼眸張開的瞬間，蘇染和蘇冉同時握住憑空出現的赤紅長刀，快若雷電地舉刀向前猛力劈斬。

黑暗像是難以承受這份衝擊，頓時硬生生地裂開了縫，緊接著就像脆弱的玻璃，嘩啦一聲四分五裂。

包括兩人腳下的黑暗也一同分崩離析。

於是兩抹相似的身影登時失去了立足之地，筆直地墜落而去——

「砰」地一聲，蘇染與蘇冉雙雙跌落在地上，雖然四周仍是一片昏暗，卻已不是完全無法視物，甚至還有些許微光自窗外透進。

窗外？蘇染立刻觀察起周遭景物，異於常人的視力使她在剎那間便適應了這份昏暗。

「怎麼……可能……」不知道蘇染看見了什麼，她素來冷靜的嗓音竟流洩出一絲動搖。

即使很細微，但身爲孿生弟弟的蘇冉還是發覺到了。

「蘇染？」蘇冉訝異地低聲問。

蘇染沒有回答，她忽然快步奔往一個方向，熟門熟路得就像她對這個地方相當了解。

下一瞬間，昏暗的空間裡亮起燈光。

明亮的光線馬上將各個角落照得一清二楚。

蘇染站在牆邊，手指還放在燈源開關上沒有離開。

蘇冉站了起來，他怔然地環視四周。他沒有問蘇染爲什麼會知道燈的開關在哪裡，她不可能不知道，因爲他們現在所待的這個地方……

赫然就是蘇染的房間！

怎麼可能？怎麼可能會發生這種事？他們理應待在章川市的銀河遊樂園內，爲什麼現在卻回到了潭雅市，回到了他們的家？

蘇染和蘇冉對上視線，隨即他們迅速奔往窗前和房門。

蘇冉拉開窗戶，蘇染打開門——確實是潭雅市，確實是他們的家！

熟悉的景色就像鐵一般的證據擺在蘇氏姊弟面前，宣告著這個改變不了的事實。

但是蘇染和蘇冉沒有沉浸在這份震驚太久，他們瞬間想起了自己最重要的朋友。

一刻！

如果他們在這裡，那一刻又會在哪裡？

不願浪費時間，蘇染立刻找出手機，撥打屬於一刻的號碼，然而卻是直接轉入語音信箱。不待話筒內的女聲說完話，她便切斷了電話。

「語音，織女那。」在蘇染打給一刻的同時，蘇冉也撥了織女的電話，只是得到的結果依舊是無人接聽。

藍眼少年直視著和自己相似的少女，在彼此眼中見到同樣壓抑的焦灼。

「一刻那也是？」

「是，你還記得發生什麼事？」
「沒印象，只記得自己在睡覺。」
「同樣，我並未感到有什麼接近。」蘇染低語，接著她向自己的弟弟輕點一下頭。
毋須言語，雙生子間的獨特默契，讓他們轉瞬間採取了一致的行動。
兩人先是奔到房外各找了一雙鞋套上，接著以蘇染房間的窗戶當成出口，在全然未驚擾到雙親的情況下，悄無聲息地離開了他們的家。
時間是凌晨兩點十分。
這時的潭雅市早已被寂靜包圍，路上不見人影，四周的建築物一片漆黑，只有路燈還亮著，將兩抹正在狂奔的人影拉得斜長。
既然是半夜時刻，蘇染和蘇冉也毫不顧忌地使用神力。他們半邊臉頰烙著鮮紅怵目的花紋，其身影就像離弦射出的箭矢，快得即使正巧有人目睹，也難以說清自己究竟看見了什麼。
蘇染與蘇冉在極短的時間便越過了一個個路口，他們彎進其中一條巷弄，很快就來到了他們的目的地。
那是一刻的家。
但是，那棟兩層樓的屋宅卻沒有絲毫異樣，大門深鎖，位在二樓的一刻房內也是一片漆黑，窗戶緊閉著。

原以為一刻也許會和他們一樣跌落至自己的房內，看到此景，兩人頓時感到心裡一空。

沒有，一刻沒有回到家裡。換句話說就是……

蘇染和蘇冉捏緊了拳，僅剩下的那個可能性，不容他們閃避地浮在他們心中。

——還在銀河遊樂園裡！

一股寒意猛地衝上這兩名年輕孩子的後背，擺在眼前的現實嚴苛得令他們幾乎難以呼吸。

章川市和潭雅市的距離太遠了，完全比不上之前從潭雅市趕到湖水鎮，更遑論如今是半夜時分，那些大眾交通工具早已停駛。

沒有人知道在這段時間內，他們最重要的朋友是不是正面臨著什麼危險？

「找夏墨河。」蘇染低聲說，猝然捏緊了掌心，淺色藍眼內閃動著義無反顧的堅硬光芒，「立刻去找夏墨河。」

蘇冉安靜而迅速地點了下頭，眼下的情況已非單憑他們兩人就能解決。

不管拜託誰也好，不管要做出什麼事也好，他們內心唯一所想所望的——

就只有救出一刻等人！

夏墨河是被半夜突然響起的電話給驚醒的。

他本來就是淺眠的人，因此手機鈴聲甫一響起，他便反射性地睜開眼，動作迅速地探向一向放在床頭櫃的手機。

當看見螢幕上閃動光芒的人名時，夏墨河內心閃過吃驚，居然是蘇染！

雖然因爲一刻的緣故，與蘇染、蘇冉這對在利英本就是風雲人物的姊弟有了進一步的認識，之後在消滅瘴的任務中也曾多次合作，但嚴格說起來，夏墨河和蘇染他們並不是會主動聯繫彼此的關係。

可也正因爲如此，在見到蘇染打電話過來後，夏墨河的吃驚只有一瞬間，隨即變了臉色，不敢遲疑地馬上接起手機。

會主動打給自己，還是這種時間，唯一的可能只有——一刻同學或許出事了！

「是，我是夏墨河。」外貌秀麗的長髮少年一邊抓著手機和蘇染通話，一邊飛快地離開床鋪，將房裡的燈打開。

就在燈光映亮整間房的時候，夏墨河也聽見蘇染說出會在這時間聯絡他的原因。他倒抽一口氣，白皙的面龐上褪去大半血色。

不單是一刻，就連織女、牛郎、蔚商白以及蔚可可都出事了！

「電話裡講不清楚，蘇染同學，你們現在方便過來我家嗎？我家現在只有我一人。」強壓心裡的震驚與不安，夏墨河當機立斷做出決定，「我也立刻聯絡尤里。還有請先告訴我，一刻同學他們可能的所在地點，我先把相關資料調查清楚。」

一和蘇染結束通話，夏墨河馬上撥起另一個號碼。

鈴聲響了許久，但夏墨河依舊耐心地等待，果然等到尤里呵欠連連的聲音自手機另一端傳出。

沒有太多解釋，夏墨河僅是拋出一句：「織女大人和一刻同學出事了。尤里，你現在就到我家集合。」

頓時便聽見尤里睡意全消的震驚大叫。

「什麼!?織女大人和一刻大哥……墨河，這到底是……你等我一下，我這就過去！我馬上就趕過去！」

或許知道電話內難以講清事情始末，不待對方再多說什麼，尤里便已匆匆結束通話。

抓握著手機，夏墨河深深吸了一口氣，至今仍有種不眞實的感覺。

好不容易織女甦醒過來了、好不容易一刻他們能稍稍放鬆一下參加班遊，爲什麼不到一天，事情竟會急轉直下演變至此？

閉了下眼再睜開，夏墨河果斷地強迫自己從情緒中抽離出來。他俐落地綁起長長馬尾，不浪費時間地打開電腦，要在眾人到來前，盡可能地多收集一些有助於他們的情報。

只不過隨著輸入「銀河遊樂園」這幾個字所跳出來的資料，當下讓夏墨河心往下一沉。

即使之前並未聽聞過這座遊樂園，但他不至於不知道章川市，那與他們所在的潭雅市可是距離了整整三小時以上的車程時間。更不用說銀河遊樂園還坐落在山間。

而一刻他們，有辦法在他們趕去前的這段時間內安然無事嗎？

夏墨河的指尖發冷，胃像被塞入大量冰塊，他用力地握住手指。他沒把握，他眞的沒有這份把握。

這次的事，全然不若之前發生的幾次事件。

淨湖事件時，湖水鎭與潭雅市之間稱不上太遠，鍾福平綁走一刻也是想要引誘蘇染前往；而引路人事件，引路人本身是爲了領取代價，才將一刻帶至她的世界。

可是這一次，他們甚至完全不曉得對方的身分與目的。

「該死……該死！」夏墨河就像再也忍不住心底的巨大不安，他握拳朝桌面重重搥了一下，手腕上的青金色花紋激動地時隱時現。

在這種分秒必爭的情況下，就算是緊急打電話給他們家的司機，也無法馬上到達章川市。必須再想其他辦法……但還有什麼辦法，還有誰……一個人名驀地浮上夏墨河的腦海。

「左柚……」當舌尖無意識地吐出這兩個字，夏墨河就像乍然回過神來。他連忙抓起手機，在通訊錄中尋找那名少女的電話。

如果是左柚，如果是那名活了四百年的四尾妖狐，或許會有什麼辦法。

自從織女因目睹她與牛郎在一起的畫面，誤解了他們的關係，而整整失蹤兩天才再度出現後，左柚就像是深怕自己的存在會再帶給織女刺激，她抹消了身影，幾乎不曾再在潭雅市露面。

但是夏墨河清楚那名總是給人柔弱印象的褐金長髮少女一定還在潭雅市裡，因為她掛心著一刻，掛心著牛郎和織女，所以她絕不會就這麼輕易離開這座城市。

然而彷彿是不知夏墨河的心急如焚，手機鈴聲響了許久都未被接起，最後直接轉進了語音信箱。

「左柚同學，我是夏墨河，一刻同學有危險，請盡快與我或尤里、蘇染他們聯絡。」在別無他法之下，夏墨河只能給左柚留了言，只希望對方能早點注意到。

請一定要發現留言哪，左柚同學。夏墨河暗暗祈禱著。

正當他要放下手機，繼續進一步搜索有關銀河遊樂園的相關資料時，手機猛地響起鈴聲，只不過打電話來的人不是左柚，是蘇染。

似乎是想到什麼，在按下通話鍵的同時，夏墨河也走向窗邊。他拉開窗簾，打開窗戶，低頭向下望。

就在蘇染清冷的聲音在他耳邊說出「到了」的時候，他也瞧見有兩抹身高相仿的人影佇立在屋外。

黑髮藍眼的少女和少年沒有任何表情地仰頭注視著他，唯一洩露情緒的就只有宛若燃燒冰焰的藍眼睛，和臉上赤紅如火的半邊神紋。

尤里的動作只比蘇染他們慢上那麼一些。

當這對姊弟剛抵達夏家後不久，尤里那圓胖的身影也跟著出現。他氣喘吁吁、汗流浹背，一張圓臉更是漲成通紅。

由此可以看出這名不擅運動的男孩，是多麼拚命地衝趕到這裡來，就怕自己慢了一步，會造成朋友們的危險。

「墨、墨河……」一見到外貌秀麗如女性的好友，即使雙腿正微微打顫，好似下一秒就會支撐不住，尤里還是焦灼不已地抓著對方，連聲慌張地問道：「你說一刻大哥他們……爲什麼？他們不是去班遊嗎？而、而且，爲什麼織女大人和牛郎先生也一起出事了!?」

「冷靜些，尤里。」雖然嘴上這麼說，但夏墨河還是任憑尤里抓著自己。也許是他自己也清楚在心焦如焚的情況下，不管是什麼安撫的話語都難以發揮太大的效用，「織女大人和牛郎先生，我猜他們也跟了過去，就像當初你們去湖水鎭時一樣。」

顯然是想起那時織女偷偷跟著他們到湖水鎭的事，尤里的臉上像是放鬆般露出一絲笑意，可隨即又緊張地看看夏墨河，再看看理應去參加班遊，如今人卻在此的蘇染和蘇冉。

「我會解釋一切，就我們知道的部分。」蘇染看不出情緒地輕點一下頭。

「我會補充。」蘇冉靜靜地說。

就算兩人的模樣看似與往常無異，甚至還更加地冷靜理智，可是見識過同樣狀況的夏墨河和尤里比誰都明白，在兩人平靜的外表下，翻騰著的是熾烈無比的可怕火焰！

「織女和牛郎先生確實跟我們一同前往。」蘇染開口，她的聲音淡然無波，如同旁觀者般地述說，「我們到銀河遊樂園，因遇上大雨，露營取消，最後是在餐廳二樓打地鋪過夜。我是在睡夢中忽然聽見音樂，就像在遊樂園會播放的那種音樂，然後變成了尖銳的笑聲。我在這時醒過來，發現自己和蘇冉被關在一個黑暗狹窄的空間裡。」

「和蘇染一樣，聽見音樂、笑聲，醒過來。」蘇冉接在蘇染之後說道，依舊是簡潔的句子，卻足以讓人明白得一清二楚，「在此之前沒有異樣。打破黑暗後，發現我們回到了自己的房間。」

「我們原本以爲一刻說不定也碰上了同樣的事，但是到一刻家卻沒發現他的蹤跡。」蘇冉一停頓，蘇染就又將話接了下去。兩人之間毫無空檔，如果不是彼此的聲音不同，幾乎要以爲是同一個人在說話，「他沒有回到潭雅。」

「所以，只有小染你們不知道什麼原因回到這裡嗎？這怎麼……這樣的事……」太過匪夷所思的事實讓尤里不禁茫然地搖搖頭。縱使身爲神使，至今也曾碰過不少超乎常理的事，但是這樣的事還是頭一遭。

尤里就算想破了腦袋，也想不出來到底誰能做出這種事，又是爲何要做出這種事。他不自覺地往後退了一步，一屁股跌坐在柔軟的沙發上，腦中思緒如打結的毛線球般亂成一團。

是瘴嗎？是瘴做出這種事的嗎？可是，也不可能啊！小染和阿冉都說他們沒察覺到任何異樣，而且還有一刻大哥他們那麼多神使在……織女大人和牛郎先生也在……就算瘴再怎麼會隱藏氣息，也不可能……

尤里抱著頭苦苦思索，試圖找出一點端倪。

夏墨河也不打擾，他知道自己的這名朋友有時總能出乎意料地發現一些別人沒注意到的東西——當初在引路人事件時也是如此。

「蘇染同學。」夏墨河轉而再望向黑髮藍眼的長辮少女，「雖然沒辦法縮短太多時間，但我已經先召一輛計程車過來了，找張叔的話，恐怕會引起不必要的麻煩和追問。在計程車到來之前，你們可以再想想看，在你們回到潭雅市的這段時間，還有沒有什麼細節能當作線索？」

蘇染和蘇冉沒有回答，他們已經陷入回想，將所有仍記得的事鉅細靡遺地重新審視一次。

驀地，蘇冉的眉頭細不可察地輕皺一下。

「蘇冉？」蘇染馬上敏銳地發覺到，雙生子間的獨特感應，使她立刻知道自己的孿生弟弟一定是想起了什麼。

「……聲音。」蘇冉摀上耳朵，閉上眼睛回想，「那笑聲，好像在哪裡聽過，可是一時想不起來，只確定是女孩子。」

「女孩子!?」尤里倏然抬起頭，雙眸瞠大，「難、難道說會是那個人嗎？墨河、小染、阿冉，會不會是那個人？就是一刻大哥曾見過一次的幕後黑手……她當初都能操控左柚，如果是她，如果是她……哇啊！」

毫無預警的聲響，讓尤里頓時心臟漏跳一拍，受驚般彈跳起來。

饒是夏墨河等人，也被這陣半夜時分的敲門聲給嚇了一跳。

彷彿不知道眼下是什麼時間，也不管自己這番舉動會不會擾人清夢，屋外的訪客瘋狂地猛烈敲打著門板。

咚咚咚！咚咚咚！咚咚咚咚咚！

「夏墨河！夏同學！夏同學！」少女在門外焦急地大叫著。

這聲音……即使隔著門板聲音不那麼清楚，但是客廳內的所有人還是能認出這道聲音。

「是左柚！」尤里不敢置信地大喊出聲。

「太好了，左柚同學有聽見我的留言。」夏墨河心下大喜，立即奔出玄關處，打開大門。

當門扇一開啓，一名褐金長髮的柔弱少女赫然就站在門外，潔白如瓷的臉蛋上，一雙翦翦水眸宛如要心急地落下淚來。

而那雙在夜間發著光的金黃眼瞳，在在彰顯出她並非人類的事實。

「宮同學……」乍見夏墨河，左柚登時壓抑不住激動的情緒，纖白雙手即刻抓住對方的手臂，「是眞的嗎？宮同學他……這究竟是……」

「左柚！」

「左柚！」

不待夏墨河開口，兩道幾乎疊合在一起的聲音先快了一步響起。與此同時，兩抹相似的身影也已如疾風般掠出，一左一右地各握住左柚的一邊手腕。

蘇染和蘇冉的眼內宛若烈火翻湧，再也克制不住一直極力壓抑的情緒。

「有沒有辦法在最短的時間內，帶我們到章川市？」蘇染清冷的聲音也露出了焦灼，「有沒有辦法？一刻他們都在章川市的銀河遊樂園裡，目前情況完全不明。」

「拜託，請帶我們過去。」蘇冉微啞著聲音，低頭請求。

「宮同學他們在章川市……」左柚怔怔地重複著這句話，心中是無數的困惑與不安不斷地堆疊。

她至今還不知道整件事的來龍去脈，只是在一發現夏墨河留給她的留言後，頓覺如墜谷底，再也無法多想便趕來與他們會面。

可是很快地，左柚就隱去脆弱的神情，堅毅地點頭。就算還不清楚事情始末，但她也明白，直接採取行動才是最優先的選擇。

「請不要用『拜託』。宮同學是我在這城市認識的重要朋友，還有其他人……無論如何都請一定要讓我幫忙。」左柚的眼中閃著凜然的色彩，「我有辦法在最短的時間內帶大家過去，請大家跟我到外面來，一定要屋外的空間才足夠。」

這次誰也沒多問左柚打算做什麼，即使是最藏不住好奇的尤里，也連忙三步併作兩步地跟著眾人跑出屋外。

在夏墨河家外的草地站定，左柚的金黃瞳孔越變越細，直到如針尖一樣，她倏地伸手往前方一抹劃。

奇異的事發生了。

凡是她手指劃過的地方，瞬間憑空生起金色焰花，朵朵焰花相連，轉眼便自動接連成一個圓。

左柚旋即再一抬食指指尖，火焰之環刹那漲大，進而將他們所有人包括建築物在內，一起納入了中間的空心之中。

「這個……感覺跟我們在用的結界好像。」尤里吃驚地喃喃說著。明明眼前確實看見火焰燃動，卻又絲毫感受不到一絲熱度。

「這樣做的話，除了尤里同學你們之外，接下來的事誰也不會看見了。」左柚對著尤里點點頭，表示他的猜想沒錯。

下一秒，左柚的外貌開始產生變化。兩隻呈三角狀的毛絨獸耳自她的頭頂兩側冒了出來，四條金褐色狐尾則從她的身後舒展開。

而就在這名褐金長髮少女不再特意隱藏她的獸耳、獸尾後，她的腳下猝然捲起一圈金黃色的烈焰。

這圈火焰來得又急又快，瞬間就將那抹纖弱身影徹底吞噬其中。

還來不及等夏墨河等人驚異地喊出聲，更教人震驚的事發生了。

吞進左柚身影的金焰一口氣迅速膨脹。

夜空下，熊熊烈焰如同一個大得超乎想像的火球，將附近區域映照得如同白晝。

金色的火光映上了周遭景物，也映上了夏墨河等人怔然的臉，在四雙眼睛的注視下，巨大的金色火球就像被一隻看不見的無形大手捏塑出形狀。

首先是頭部，再來是身軀、四肢，最後是四條碩長得如同能橫劃天際的尾巴。

就在尾巴成形的瞬間，燃燒著的金色火焰也盡數消失，僅僅剩下環繞在外圈的焰之環還留著。

「這……這是……」尤里無法控制地張大嘴巴，兩顆眼睛更是瞪得又圓又大，幾乎不敢相信自己此刻所見。

即便是夏墨河和蘇染他們，也難以掩飾眼內的那份愕然。

金色的火球雖然消失了，但是原地卻不見左柚的身影，取而代之的是一隻龐大無比的妖異野獸。

金燦的眼珠在深夜裡發出懾人的光，金褐色的皮毛像是會發亮一樣，四隻踩踏在地面的腳掌前端各冒出四根尖銳嚇人的爪子，四條柔軟又華麗的尾巴在夜幕中輕輕擺晃出弧度——

這就是左柚的真正面貌，一隻活了四百年的四尾妖狐！

妖狐在眾人身前忽然伏低了身勢，讓彼此間的高度稍微縮小，不過即使如此，牠的體型依舊大得超乎常理。

「請大家到我背上來。」

屬於左柚的輕柔嗓音突地直接浮現在四名神使的腦海內。

「咦？咦？」尤里愣了愣，但在看到另外三名同伴迅速地竄躍至妖狐身上時，他也趕緊腳下一蹬，用力跳了上去，途中還差點因力道不足而滑落下去，幸賴夏墨河快速地一把拉住他的手。

用與纖細手臂不相符的力氣，夏墨河輕而易舉地將尤里拉至自己身邊。

「大家請抓好，我要出發了，速度會有些快。」

當這句話剛在眾人腦海內落下，身形龐大的妖狐已重新站起身。牠的瞳孔陡然縮細，昂首朝空中發出一聲厲嘯。

下一剎那，牠腳踩翻騰烈火，身勢如金虹，迅雷不及掩耳地朝著無垠夜空飛奔而去，四條尾巴就像流星般劃過天邊。

變回妖狐原形的左柚的確實現了她的承諾。

在短短半個小時內，就將夏墨河等人帶到位在章川市山間的銀河遊樂園門外。

四足剛一落地，那些繚繞湧動的金色焰火便全數消失蹤影，緊接著四尾妖狐的身形也變得透明，立時崩解了形體。

待四名神使紛紛落地，褐金長髮少女的身影也重新出現在他們面前。

恢復人形的左柚剛想站直身子，腳下猛地就是一個踉蹌。

「左、左柚！」正巧離她最近的尤里連忙慌張地幫忙撐扶住對方，而當他近距離瞧清對方的臉時，他忍不住抽了一口氣，「左柚，妳的臉色變得好蒼白，妳……」

「左柚同學，妳還好嗎？」夏墨河迅速也扶住左柚的另一邊身子，使她能站得更穩。他同樣也瞧見左柚那張不能用「白皙」，而是只能以「蒼白」來形容的面容了。

現在的左柚，看起來就算是下一秒昏倒在地也不足爲奇。

「我沒事，請不用擔心我……」左柚晃了晃頭，就像要把一切虛弱壓制下去地挺起背。

才剛讓自己掙脫尤里與夏墨河的攙扶，左柚頭頂上的獸耳忽地像感受到什麼般動了動，她反射性地轉過頭。

同一時間，蘇冉也開口了，「有聲音。」

黑髮藍眼的少年和狐耳少女雙雙看向同一處，那是銀河遊樂園的正大門。

高聳漆黑的雕花大門緊緊閉闔著，如同把裡外分成兩個世界。

就在所有人都下意識地跟著望向大門，試圖捕捉到任何聲音之際，大門後忽然亮起了光芒，緊隨而來的是由模糊逐漸轉而清晰的歡快樂聲。

幾乎短短一瞬間，這座原本像陷入沉睡的遊樂園，無預警地就這麼甦醒了過來。

輝煌的光芒在門後不停閃耀，將橫在大門上的「銀河遊樂園歡迎您」幾字映得一清二楚。

「遊……遊樂園……」被這突來的一幕驚呆的尤里不禁結巴說道：「墨河，遊樂園……」

「我想，這應該不是在歡迎我們的到來吧？」夏墨河嘴上說得輕鬆，可指間已纏繞上白線，手腕上的青金色神紋正發著光。

「就是這種音樂聲，我在睡夢中就是聽到這種音樂聲。」蘇染輕聲地說，五指緊緊地抓握住憑空生成的赤紅長刀。

明明是悠揚歡快的音樂，宛若是在咚咚咚地歡慶什麼，然而隨著一聲比一聲清晰的聲響撞入心中，蘇染的心臟也不安地越跳越快，猛烈地撞擊著她的胸口。

突然間，蘇染的眼角像瞥視到某樣物體，她迅速地瞇細眼，馬上奔上前去。

一見到蘇染忽有動作，眾人也隨即跟上，想知道她究竟發現了什麼。

蘇染在大門旁的牆壁一角前停下腳步。

在那裡，原來貼了一張紙，因爲能見度低，才沒有被發現。

現在在遊樂園內燈光大亮的情況下，即使是夏墨河等人也能將紙上的字看得一清二楚。

那是一張公告，關於銀河遊樂園的公告——

致各位特地前來敝園的貴賓，敝園因故宣告暫時停止營運，重新開放時間未定，在此向您致上最大的歉意。

銀河遊樂園全體員工暨負責人柳信彥　敬上

最末端落款的日期則是上禮拜。

短短的幾行字，卻在一瞬間使得蘇染、蘇冉通體生寒，他們無意識地緊握刀柄，指關節用力到泛成了青白，但他們彷彿感受不到那份施力過度的疼痛，只覺身周的空氣全數被抽離殆盡，令他們難以呼吸。

紙上說什麼……暫時停止營運？那他們今日到底是……

「這怎麼可能……」夏墨河喃喃地吐出聲音。如果銀河遊樂園早在上禮拜就歇業，那麼一刻同學他們又是如何進到裡面的？

「怎麼了？這張公告有什麼不對勁嗎？」瞧見四名神使們的臉色全變，左柚心生不安。她知道一刻他們在遊樂園裡，她也知道這座遊樂園透著古怪，但她不明白那張紙上的那些話，爲何會讓眾人受到如此大的衝擊。

「不是，不是這張公告有什麼不對……」尤里艱困地嚥了嚥口水。「而是……既然銀河遊樂園上禮拜就沒開了，一刻大哥他們去的又是哪裡？一刻大哥他們今天的班遊地點，就是這座銀河遊樂園啊！」

「什——」左柚震驚地倒抽了一口氣。

「等一下、等一下，這太奇怪了……」尤里白著一張圓臉，越想越覺得心驚膽跳，「因爲小染和阿冉你們不是進去裡面了嗎？參加班遊的人都進去了吧？可、可是，歇業的遊樂園又怎會有工作人員？」

「……幻術。」左柚忽地吐出這兩個字，原本蒼白的柔美面龐幾乎連丁點血色也沒有。她摀著嘴，心慌地搖搖頭，「這必定是幻術……但不可能平白無故出現幻術，有人在一開始就設下了這個陷阱……」

陷阱⁉要捕捉的獵物究竟是誰？

冰冷的恐懼像潮水般滲入所有人的四肢百骸，誰也不曾料想到這次的班遊，竟會是個布局！

蘇染和蘇冉被湧生出來的懊悔狠狠擊打，倘若不是他們強迫一刻參加，如果他們沒有私下幫他報名……

一刻，一刻！藍眼迸發出淒絕的焰芒，蘇染和蘇冉瞬間提刀迅速地衝掠而出，矯健的身影快若驚雷，轉眼間已逼至牆頭。

殊不料一道無形的障壁竟是擋下了他們的去勢。

黑髮藍眼的少女和少年只覺一股猛烈的力道反彈至他們身上，頓時身子失去平衡，有如斷線的風箏般直直自高處墜下。

「蘇同學！線之式之八，蛛網！」夏墨河駭然，急忙祭出白線。

潔白的絲線剎那間交織成網，總算搶先一步接住蘇染與蘇冉下墜的身勢。

兩具身形相仿的身軀墜落至堅固白網上，彈震了一下後，就見蘇染他們已穩住身子，飛快地又提刀站起。

「小染、阿冉！你們沒事吧？」尤里被方才那一幕嚇得心臟都快跳了出來。他在下方看得一清二楚，正因爲如此，才更加緊張不解，「是有東西……有什麼攔下你們嗎？」

「我『看』不清楚。」蘇染躍下蛛網，抬頭朝高牆望去。沒有了鏡片的遮掩，她那雙視力異於常人的眼睛，應該能將許多他人無法窺見的景物看得更清楚。可是此刻在她的視野內，卻僅僅只見到在燦爛燈光的映照下宛若歪曲的夜空，「但，確實有道透明的牆擋住我和蘇冉。」
「換我試試好了。」一說完這話，夏墨河便鬆開織成大網的白線。他十指勾起，快速地扯動，「線之式之七，百雨！」
全部的絲線轉瞬間改變形態，它們筆直衝起，在高處密密排列在一起，再猛然筆直朝下貫穿，其勢就如同一場滂沱大雨。
與其同時，蘇冉也迅速無比地再次拔高身子，赤紅長刀反手揮劈斬下，在夜空中拉出一條怵目紅光。
然而，令人震驚的事卻發生了。
無論是密集如雨絲的白線，抑或是氣焰凶猛的那一刀，全數都在即將靠近銀河遊樂園的那一剎那，被化盡了一切攻勢。
這一次，所有人都清楚望見銀河遊樂園的上空在那短短幾秒內，出現了一層弧形的黑霧障壁。
翻湧滾動的黑霧雖然轉眼即逝，卻帶給人有如活物般的不祥感。
「墨河、阿冉，讓我剪開它的防禦力！」眼見兩波攻擊竟接連失敗，尤里趕忙召出屬於自己的武器。他抱著鐵色大剪刀，三步併作兩步地衝到大門前，正想也奮力躍跳上去時，一道聲音驀然直接進入他的腦海中。

「這裡，也請交給我。」

不單是尤里聽見，蘇染、蘇冉以及夏墨河也都感受到那道柔美女聲的存在。是左柚的聲音！

尤里反射性轉過頭，登時驚見該是那名褐金長髮少女佇立的地方，不知何時已盤踞著一隻毛皮褐金的碩大妖狐，四條華麗的狐狸尾巴彷彿要燃起金黃的焰火。

「請保留你們的力量，宮同學他們還需要你們的幫助。」回復爲妖狐模樣的左柚以意識和眾人對話，「這邊的結界就交給我處理，所以大家請再到我身上來，抓好我。」

「但是妳剛剛耗去了太多力量。」蘇染仰起頭，淺藍眼眸直直盯住那對金黃獸瞳，「那趟距離對妳來說顯然並不輕鬆，我和蘇冉可以試著破開結界，一刻不會想見到妳耗盡力氣。」

「即使如此，我也希望能幫上宮同學的忙。在那個時候，在南陽大樓那時，就算我是陌生人，就算我攻擊了他……但對於這樣的我，宮同學還是伸出了援手。」左柚的金眸散發出堅定無比的強烈意志，那是誰都不能改變她決定的眼神，「我是憑靠自身意志與你們來到這裡，我所做的一切亦都是出自於我自身的意志。」

「我想要幫助宮同學，幫上你們的忙。」擁有一身金褐皮毛的四尾妖狐低下頭。

蘇染什麼話也不再多說，她抓握長刀，俐落地一個跳躍就佇立於妖狐背上。

感受到身上又陸續多了幾個重量，四尾妖狐像是再也按捺不住地甩動著長長的尾巴。牠撒開四肢，迅速靈敏地縱躍至夜空，金黃的瞳孔閃爍光芒。

牠猝然張大嘴，凶猛的金色烈焰自喉嚨底處湧出，瞬間像是一束漩渦般轟向銀河遊樂園。

黑霧再次出現在遊樂園上空，它擋下了火焰。

但是持續不斷的烈焰轟擊，逐漸讓厚重的霧氣變得薄弱。

四尾妖狐毫不留情地步步進攻，隨著牠的火焰一次比一次凶猛，黑霧終於裂開了縫隙，露出下方的遊樂園一角。

沒有錯失這個絕佳機會，四尾妖狐猛地用上全部力氣朝前方衝撞過去，成功地闖過了黑霧的防守。

但是就在四尾妖狐的後腳甫脫離黑霧的一瞬間，一股突如其來的巨大吸力驟然將牠整具身子向下拉。

全然沒有防備的四尾妖狐大駭，但那份吸力強得令牠無法抵抗。

無論如何拚命掙扎，擁有四條尾巴的巨大妖獸依舊失速地墜落下去，連著背上的四名神使一同墜進了黑暗的泥沼之中。

怕壓傷其他人，四尾妖狐的身形急遽縮小，在最後一刻還原成人形的姿態。

左柚感覺不到摔落地面的疼痛，她只感覺到冰冷的黑暗快速纏上她的四肢，覆蓋住她的一半身體。她剩餘的力氣正在快速流失，她的意識也漸漸渙散。

「大家……」褐金長髮少女虛弱地擠出聲音，奮地力撐著眼，試圖尋找其他同伴的身影。

蘇染、蘇冉、夏墨河、尤里，全都無一倖免地落入了這片像是早就埋伏好的黑暗沼澤內。

這片黑暗太過古怪，彷彿能使人氣力流失，有的人仍有意識，有的人已閉上雙眼。

蘇染和蘇冉是尚餘意識的另外兩人，他們使勁地想要抓著長刀撐站起，無奈全身竟有如千斤重，越是掙扎，越是動彈不得，最後就連他們手中的刀也維持不住形體。

在兩人頰上紅紋消逝的同一瞬間，赤紅長刀一併散逸無蹤。

這時，卻有腳步聲自旁傳來。

似乎沒有要特意遮掩的意思，鞋底踩上地面的聲響清楚地傳了過來。

一抹人影出現在蘇染他們的視野之中，兩雙淺藍色的瞳孔不敢置信地收縮。

「雖然費了一點工夫，但總算達成目的。潭雅到章川的距離、銀河遊樂園外的結界，這些都能消耗不少力量，對吧？」人影在黑暗沼澤前停下，慢條斯理地彈彈菸灰，再微微一笑說道，「四尾狐狸還有剩下的愚蠢神使，抓到你們了。」

陷阱、陷阱，原來要捕捉的獵物從頭到尾就是——他們！

第十一針

並不知道一刻和理華已經前往尋找自己的兄長，也不知道遊樂園的大門處發生了什麼事，此刻的蔚可可正因爲頭頂上突然炸開的煙火聲而反射性地抬起頭。

繽紛燦爛的光芒呈放射狀地往四周散開，漆黑的夜空中彷彿開了一朵碩大華麗的花。

一枚煙火升空炸裂後，接二連三又是多枚煙火升起。

咻——砰！咻——砰！咻——砰！

原本就被七彩燈光和銀色光團包圍住的遊樂廣場，頓時變得更加奪目絢爛。

然而這理應是美不勝收的光景，看在蔚可可眼中卻只是愈發地感覺到不安與悚然。

究竟是什麼力量在操控這座遊樂園？又是什麼力量藏起了她的兄長與朋友？

猛地晃晃頭，蔚可可就像是要把這份不安甩到一旁，她重新邁開腳步，不忘催促與她一同行動的柳信然。

「阿然老師，動作快一點！我們接下來去摩天輪那邊找！」

但或許是太急著想盡快找到自己的兄長或朋友，這名鬈髮女孩剛奔出幾步，就因大意而一個踉蹌，身體失去平衡。

「哇！」蔚可可驚叫，不過，就在身子往前傾倒的剎那間，一隻手臂及時地穩穩抓住她。

「可可，妳有時候眞的是冒冒失失呢。」柳信然苦笑地將她拉近自己，溫和的眼中有著一絲責備，但更多的是無奈的笑意。

「對不起啦，阿然老師，但我也不是故意要跌倒的嘛。是身體虛，對，人家是身體虛。」蔚可可吐吐舌，隨口編了一個如果她的兄長在場，一定會冷漠並且鄙夷地看她的理由。她拍了拍胸口，想要再繼續進行搜索行動，卻發現柳信然的手還握著她的手臂不放。

「那個……阿然老師？」蔚可可試著抽回手，但柳信然像是沒發現似地依舊沒有鬆開。

「也是呢，現在的妳身體狀況應該比較不好。」柳信然眼中的笑意化成了寵溺的色彩，他的五指加大了力道，緊緊地扣著蔚可可不放。他溫柔地低聲說：「畢竟可可妳現在正值生理期呢，女孩子在這種時候總是會特別辛苦。」

「……咦？」蔚可可呆住，一時間像忘了手臂上傳來的輕微疼痛。任憑柳信然抓著自己的手，她怔怔地看著他，看著那名依舊給人溫文儒雅感覺的年輕男子，一絲細微的寒意漸漸自心底冒出。

爲什麼阿然老師會知道這種事？這種私密的事，就算班上幾個女孩子知道，也不可能會透露給男性的他知曉……

「可可，妳怎麼露出這種表情？」柳信然訝異地微笑開來，「對自己喜歡的人、對自己的戀人，如果連這些事都不知道，又怎能當個稱職的男朋友？」

「什……阿、阿然老師你在胡說些什麼？」寒意一口氣從體內爆發開來，蔚可可刷白了一張臉，驚駭地想要抽回自己的手。然而她越是奮力使勁，柳信然的五根手指就扣得越緊。

「現在這裡已經沒有其他人在場了，所以可可妳也不用爲了瞞著他人，特意裝作和我沒關係。」柳信然柔聲說，嗓音甜蜜得如同在傾訴情話，「這一路眞是難爲妳了，我明白妳是怕我被人說閒話，畢竟我終究是老師的身分。」

「不是！我根本就不知道你在說什麼！阿然老師，你瘋了嗎!?」蔚可可驚慌失措地大叫。

柳信然的聲音越溫柔甜蜜，她就越覺得遍體生寒、毛骨悚然，「放開我的手！請立刻放開我的手！」

「眞是的，可可，不知道在說什麼的是妳才對哪。」

柳信然傷腦筋地望著臉色蒼白的鬈髮女孩，眼中的寵溺沒有減少，反而更加熾烈。

「我知道了，妳是在生我的氣吧？因爲我和班上其他女同學說話。但對她們，我眞的只抱持著老師的心情，和妳完全不一樣。我只關心妳一人，我只愛著妳一人，我所說的話絕對沒有虛假。我知道妳的生理期來了，我知道妳喜歡抹茶牛奶糖，喜歡無尾熊巧克力餅乾，妳一次都喜歡吃個四、五包呢。我還知道妳喜歡粉紅色的ＯＫ繃，最近買的書是古代故事的愛情小說……」

每聽柳信然深情地吐出一句，蔚可可心中的反胃感和恐懼感就加重一分。

「有時候『垃圾』，其實代表一個人的生活痕跡：吃了什麼、做了什麼，才會留下這樣的垃圾。也就是說，從垃圾中可以觀察出一個人的日常生活。因此有人會藉著翻垃圾並帶回家研究，來推測出某人最近做過什麼事。一般人將這種人稱作為——跟蹤狂。」

蘇染曾說過的話言猶在耳，蔚可可內心的驚懼也在瞬間膨脹至最高點。

「不要！」蔚可可再也忍無可忍地驚慌尖叫，手背乍現碧綠神紋，她猛力地抽回自己的手臂，跌撞地和柳信然拉開距離。

柳信然溫柔的微笑凝住了，「妳眞的喜歡上宮一刻那種沒用的廢物了？」

「宮一刻才不是廢物！不准批評我的朋友！」蔚可可捏住拳頭大叫。

「不可能、不可能，妳怎麼可能會移情別戀，喜歡上那樣的傢伙？妳唯一愛的一直都只有我……」柳信然像是沒聽見般喃喃說著，斯文的面容逐漸扭曲，「妳是想惹我吃醋對吧？妳在車上只是故意做出那幕給我看。不行喔，這種玩笑會讓我生氣。不過只要妳發誓不再犯，我依舊會原諒妳，依舊會愛妳哪，我的可可。」

柳信然直望著蔚可可，雙眸內是異樣的濕熱光芒，他像吐息一般地說：「我心愛的可可，妳也是愛我的，對吧？」

蔚可可被凍結在原地，手腳冰冷，大腦幾乎一片空白。那個聲音、那句話……

「我心愛的可可……」

「半夜的時候……是你摸我的臉？」蔚可可幾乎呻吟地說，甜美的臉龐毫無血色，「全、全部都是你，那些信、那些簡訊……可是不對啊，不對啊，小染他們說那時候看到的人影，明明只有一百七十多公分高！」

「妳說那天嗎？那天眞是出乎我的意料，我沒想到蘇染他們居然會追上來，那眞是嚇了我一大跳呢。」柳信然忽地向前邁出步伐，不知爲什麼，他在移動時發出了奇怪的異響，「可可，逃避話題是不乖的行爲，我的可可向來最聽我的話了，不是嗎？」

「噫……噫……」蔚可可發出了不成調的悲鳴聲。

在周遭亮如白晝的燈光照耀下，她可以清楚無比地看見柳信然的雙腳正發生的變化。它們連同部分褲管變得漆黑，像是爛泥般失去原有的形狀，黏答答地流淌到地面。隨著柳信然每前進一步，發出類似「啪答」、「啪答」的聲音。

蔚可可慘白著臉，她現在終於明白當天柳信然的身高會縮水的原因。

不，回想起來，許多事都是有跡可循。

柳信然給了她喜歡的抹茶牛奶糖；柳信然「自己」說感覺有人在瞪他；柳信然無端在遊覽車上打翻飲料……這些小細節連結起來，竟能連結出一個驚人的眞相。

從頭到尾，跟蹤狂根本不是利英高中的學生，而是柳信然！

怪不得小染這次會推測錯誤，因爲誰也沒有想到柳信然早就……慢著！

蔚可可的思緒凝了一下，她不敢相信自己到現在才發現這個事實。

「不不不不會吧？阿然老師你早就被瘴……早就被瘴寄生了⁉」蔚可可差點震驚地蹦跳起

來。

「哈哈哈哈哈！愚蠢的神使到現在才發現嗎？」粗啞的大笑聲冒出，卻不是來自柳信然的嘴中，「太大意了，太粗心了，我可是一直都跟這名人類在一起的哪！」

蔚可可覺得自己快哭出來了，她想閉上眼，但柳信然的肚腹間猙冒出一張醜陋大臉的景象早已映入眼底。

就算她喜歡看恐怖片，可是她一點也不想在現實中看到這種嚇人的場景啊！

「可可有時是粗心了一點，但那正是她可愛的地方。」柳信然似乎不在意自己此刻變成了何種樣貌，他微側著臉，朝蔚可可溫柔一笑。

「嗚噫！」蔚可可除了悲鳴還是只能悲鳴。

「好了，快告訴我吧，可可。說妳愛我，說妳永遠不離開我。」柳信然伸出雙臂，他的手臂前端也正如他的腳，變成了爛泥般的黏稠物。他的神情狂熱，猛地朝蔚可可撲抱過去，「說妳永遠都會跟我在一起！」

「不要啊！我也有選擇的權利啊！」蔚可可花容失色地駭叫，瞬間彎身閃過那嚇人的擁抱。一脫出那雙手臂能搆到的範圍，她想也不想，馬上轉身就逃。

「她逃了！那個神使逃了！」瘖的聲音咆哮。

「可可，妳不可能逃得了！」柳信然的聲音在怒吼。

「吃掉她！吸收她的力量！」

「我會留下妳，我們永不分離，我們會永遠留在這裡！」

「留在這裡！留下來！」

「留下來！」

留下來留下來留下來留下來留下來，誰也不能走——

剎那間，整座遊樂園都像在尖叫。

「宮一刻！宮一刻你在哪裡？」

蔚可可一邊拚了命地逃，一邊拉高了嗓子大聲叫喊。

然而在不時有煙花綻放、所有遊樂器材都在運轉、歡快的樂聲更是綿延不絕飄揚的情況下，女孩的大叫聲輕易地被掩埋其中。

「宮一刻！」蔚可可不肯死心地繼續喊，嬌小的身影如同羚羊般快速奔竄，彷彿後方有什麼凶猛的野獸在緊追著她。

「可可，妳想跑到哪去？妳以爲妳能跑哪去？」溫柔的呼喚不遠不近地自後方傳來，卻是使得奔跑中的蔚可可忍不住一個哆嗦。

蔚可可回頭，然後再度慘叫出聲，「宮一刻！你到底是跑哪去了？美女有難，你快來救人啦！」

跟在蔚可可身後的是個似人非人的生物。他的手腳末端都像爛泥，隨著移動還會「啪答」、「啪答」地滴落到地面，猩紅雙眼散發出不祥光澤，軀幹上還浮冒著一張醜陋的大臉，從那張大臉的五官內還不停流下黑色液體。

「宮一刻、宮一刻……可可，妳就那麼在意那個垃圾，那個學校敗類嗎？」那個生物，柳信然溫柔的聲音扭曲成怨毒，「妳明明是我的人！」

「鬼才是你的人！還有不准再污辱我的朋友，柳信然你這個該去洗洗你那張臭嘴的渾蛋！」蔚可可迅速回身，用後腳當作分散衝力的煞住點，揚手彎弓，光箭瞬間在擺出拉弓姿勢的雙臂中成形，隨即捉著箭尾的手指毫不留情地鬆放開。

碧綠箭矢呼嘯而出，迅雷不及掩耳地直衝柳信然。

但沒想到柳信然身上那張大臉猛然張開嘴，一口咬下了那支光箭。

蔚可可瞠目結舌，緊接著當機立斷，拔腿再逃。

提著自己烙著淺綠花紋的彎弓，蔚可可縱跳如飛地避閃過多項運轉中的遊樂器材。她躍過旋轉木馬，滑過海盜船晃起留下的空隙，不知不覺間闖進一棟建築物裡。

「嚇！」乍見到自己的四面八方倏然出現無數人影，蔚可可驚叫出聲，反射性架好箭，擺出備戰姿態。但她很快就注意到，那些人影們也全都舉起弓箭對準自己。

蔚可可一愣，終於將眼前景象看得清楚。

那些人影全是同一人的模樣，全是有著大大眼睛、甜美臉蛋的鬈髮女孩——赫然就是蔚可可自己！

「咦？我？」蔚可可茫然地眨下眼睛，她慢慢放下弓，架在弦上的箭也跟著消失，她看見那些和她長相相同的女孩們也是同樣的動作。

「什麼啊……」蔚可可終於明白了，她拍拍胸口，「差點嚇死我，原來只是鏡子。」

可不是嗎，這棟建築物的內部，蔚可可所在的這條通道，不管是上下左右，全都由鏡子取代了牆壁、天花板以及地板拼貼而成。因此只要一踏入這裡，頓時見到的都只有自己。

「該不會……這就是小染說的鏡子迷宮？」蔚可可伸手貼上一邊的鏡面，有絲好奇地探望向了前方。

被鏡子包夾的通道一路向前延伸，然後再一個轉彎，阻隔了一切窺視。

蔚可可想起蘇染曾說過，銀河遊樂園當年最著名的就是鏡子迷宮，如果不是時機與場合不對，她還真想走一次試試看。

「等找回大家、等解決掉那隻豬頭的瘴，一定要來走一次！」蔚可可握起拳頭，信誓旦旦地說，「還要把握機會痛揍柳……」

突然出現在入口方向的陰影，讓蔚可可下意識地噤下話。她慢慢地轉過頭，看著面積越佔越大的那片陰影，忍不住吞了吞口水。

「找到妳了，可可。」柳信然的身形自入口探進，他的身體已經不像人的身體，但頭部以上的頭顱還是保持原樣。他露出愉悅的笑，雙眸紅光閃閃。

然而這反差的模樣，反倒讓他看起來更加恐怖。

「媽啊！」蔚可可驚聲尖叫，瞬間自後退了一大步，可是她猛然又憶起自己曾對眾人發過的誓言。

「什麼跟蹤狂？我會怕你不成嗎？有膽子就放馬過來啦！絕對，把你射成刺蝟！不對，是用我的拳頭，親自把你扁成豬頭才可以！」

沒錯，她說過要把跟蹤狂痛揍一頓！蔚可可深吸一口氣，強迫自己穩住腳步，只要想起前陣子的擔心受怕，她心裡就直冒出一股怒火。

蔚可可迅速拉開弓弦，這次有三支憑空生成的碧綠光箭同時被她捏在指尖處。

只不過當柳信然整個人完全踏進鏡子迷宮後，蔚可可張大嘴、雙眸瞠圓，心裡的怒火剎那間卻被吹得煙消雲散。

「不要……」蔚可可擠出呻吟。

「嗯？可可，妳說什麼呢？」柳信然面露微笑地舉步踏上前，不算寬敞的通道一下子就被他的體積塞滿了，不時還可以聽見黑色黏稠物「啪答」墜地的聲音。而就在他的背後，不知何時伸冒出四隻醜陋的觸手，此刻正像有生命地在他後方揮舞。

「可可，不要拒絕我，我們融在一起吧。」柳信然深情款款地低語，「我們幸福地在一起，誰也不離開誰。」

「不要……不要！觸手什麼的最討厭了——」蔚可可放聲尖叫。眼見柳信然背後的四隻觸手轉瞬間疾速抽出，她想也不敢想，毫不猶豫地轉身奔逃。

四隻觸手就像擁有各自的意志，它們從四面八方追上蔚可可，其中兩隻的速度較快，立刻想纏上她的兩隻小腿。

「呀！」蔚可可驚叫連連，一邊驚險閃避。她在鏡面通道內敏捷地縱跳翻躍，總是險之又險地避開了觸手的纏擊。

從鏡子的反射瞧見又有一隻觸手伸竄而出，蔚可可連忙往前趴下身子，沒有抓著弓的右手迅速一撐地上的鏡面，不讓自己直接撞上去。但是就在她蹲起身子的時候，她的目光猛然被地面的鏡子吸引住。

蔚可可的瞳孔不敢置信地急遽收縮，她看見鏡子內竟然有人在拚命拍打，她震驚地喊出了那人的名字。

「牛……牛郎先生⁉」

一身暗色西裝的年輕男子就像被關在鏡子裡，無法憑靠一己之力掙脫出來。

牛郎拍打著鏡面，像在大喊什麼，可是他的聲音卻無法傳進蔚可可耳裡。

「什麼？牛郎先生你在說什麼？」蔚可可心急地問，不停回頭看著後方的動靜。

也許是覺得蔚可可跑不了，也許是放棄再使用觸手攻擊，柳信然的四隻觸手都回到他的身後，他一步步地朝蔚可可走了過來。

「咦？捨？你說捨？不是嗎？」蔚可可覷著越漸逼近自己的柳信然，手心冒汗，心臟因緊張越跳越快。她心急如焚地再次緊盯著牛郎的嘴形，試圖猜測他的意思，「到底是什麼？難道是射……什麼？眞的是射？」

見到鏡中的牛郎對自己點點頭，蔚可可大吃一驚。發現柳信然已然逼近，她慌張地飛快躍起，急退了一大步，反射性搭弓瞄準對方。

「那麼細的一支箭，很難對我造成傷害。可可，我心愛的可可，爲什麼要這麼抗拒我？」柳信然輕喃，「妳忘記我們那些相愛的時光嗎？」

「閉嘴！誰是你心愛的？柳信然我告訴你，我這輩子最討厭的就是變態和跟蹤狂了！」話聲未完，蔚可可的箭頭卻是猝然向下，手背至中指間的淺綠神紋冒出熾烈光芒。

當光芒轉至最熾的瞬間，她鬆弦放箭，同樣冒出強烈碧光的光箭登時擊中地上鏡面。

尖銳的箭頭沒入鏡內，在周邊造成蛛網般的裂痕。

裂痕瞬間擴大，眨眼間向前後兩端飛快蔓延，同時鏡面跟著一塊塊劈里啪啦地翻掀起，如同銳利的鱗片豎起林立。

萬萬沒想到蔚可可會突然來此一舉，柳信然又驚又怒，立刻朝後退避，避開了那些能輕易劃傷人的玻璃碎片。

射出這氣勢驚人、破壞力也驚人的一箭後，蔚可可剎那間就像虛脫似地，整個人頓時要往地面跌跪下去。

「蔚姑娘！」一雙手臂及時自後撐扶住蔚可可，已經順利從鏡中脫困的牛郎一將她拉起，立刻扯著她的手往裡頭奔跑，「動作快！我們要快點找到織女！」

「織女大人？難道織女大人也被困在鏡子迷宮裡!?」蔚可可大驚，馬上提起僅剩的力氣，拚命地跟著牛郎朝通道深處奔跑。

「我能感覺到她的氣息，我知道她就在這裡……小心！」似乎是從兩側鏡面瞥見什麼，牛郎猝然按著蔚可可的背一同趴下。

蔚可可只聽見頭頂上有什麼東西快速地呼嘯而過，緊接著是一聲鏡面碎裂的聲音。

蔚可可小心地抬起頭，正好瞧見一隻醜陋的觸手從前方疾速抽回的景象。

蔚可可再扭過頭，猛然爆出了慘叫：「噫呀！為什麼又多一隻了！」

「蔚姑娘，我們快走！」不懂蔚可可驚悚的心情，牛郎立刻再將她拉起，不願浪費一分一秒地邁步再奔。

蔚可可沒想到牛郎外貌斯文優雅，跑起來的速度卻是快得驚人，連她在使用神力的狀況下，也差點追不上他。

殊不知牛郎拉著蔚可可一起跑的這一幕，大大地激怒了柳信然。他赤紅著雙眼，憤怒地咆哮，腳下速度瞬間也加快了幾分。

布滿鏡面的鏡子迷宮，上下左右全都映著人影，那些人影再隨著凹鏡、凸鏡、哈哈鏡而縮小、放大或扭曲，數也數不清的人影幾乎看得人眼花繚亂。

可是在這樣的情況下，牛郎依舊沒有放慢腳下的速度。他像是絲毫未被那些身影迷惑，只是堅定不移地繼續狂奔。

被拉在身後的蔚可可卻是跑到頭都要暈了，眼也要花了，就在她忍不住閉起眼的一瞬間，前方的牛郎竟是猛地停住了。

煞車不及的蔚可可一頭撞上對方的背，旋即俏臉一白，急忙用最快的速度拉開與牛郎的距離，她想起對方的背部其實有著多麼嚴重的傷。

「牛郎先生對不起！我不是故意……」蔚可可急切地道歉，在發現牛郎完全沒有反應，只是動也不動地站在原地後，不禁下意識地也沒了聲音。

「牛郎先生？」蔚可可遲疑地呼喊一聲，不忘轉頭觀察身後動靜，深怕柳信然又追了上來。

幸好，他們顯然已將那抹異形般的身影甩掉。

牛郎輕聲開口了，卻不是回應蔚可可的詢問，「織女……」

織女大人!?蔚可可一驚，趕緊自牛郎背後探出頭，她猛地瞠大雙眼。

「織女大人！」映入眼內的景象令她震驚地大叫出聲。

就在牛郎正前方的鏡子中，除了倒映著他和蔚可可的身影，還夾雜著一抹嬌小的身影。彷彿瞧不見鏡外的牛郎與蔚可可，鏡內的黑髮小女孩正慌亂地奔跑著，精緻的臉蛋上滿是惶惶不安，可以看見她大叫著誰的名字，但聲音卻無法傳遞出來。

牛郎卻是辨認得出織女的唇形。

夫君、夫君！他的妻子在呼喊著自己！

「織女！織女！」牛郎按捺不住心焦，用力地拍擊鏡面，「織女，我在這裡！」

「織女大人！」蔚可可也加入敲擊的行列，緊接著她深吸一口氣，「牛郎先生，這裡的鏡子也交給我吧！」

話聲剛落，蔚可可立刻就讓先前消失的武器出現在手中。她彎弓搭弦，凝聚僅剩精力，正準備朝鏡面中央射出一箭，卻正好從鏡中見到有一抹猙獰的身影自他們身後奔來。

什麼！蔚可可大驚，反射性扭過身，赫然是以爲已經甩掉的柳信然追了上來！

「可可……可可！」柳信然背後的五隻觸手齊飛舞，似乎隨時就會發動攻擊。

蔚可可心裡焦急如焚，握著弓的手指也忍不住狂冒汗。

怎麼辦？先射哪邊？要先射哪邊？

「可可，妳只能跟我在一起！」柳信然露出扭曲的笑，他的大叫和身上另一張臉孔的咆哮疊合起來，在鏡子迷宮裡造成鳴響。

眼見五隻觸手同時逼近，容不得蔚可可再多細想，她右手背上的神紋再度猝然發亮，碧綠光箭瞬間脫離指間，迅雷不及掩耳地直竄前方。

「只不過是區區的一支箭……什、什麼!?」柳信然身上人臉的獰笑轉成錯愕。

原本以爲僅僅是一支光箭，沒想到中途迅速分離，一轉眼成了六支。

六支光箭各朝不同方向而去，五支鎖定飛舞的觸手，一支鎖定的——

居然是柳信然身側的大片鏡面！

轟然一聲，右側的鏡子牆劈啪破碎，外頭的燦爛燈光從大洞湧入。

與此同時，三支光箭也射中觸手，將之釘在牆面上，然而有兩支光箭卻是落了空。

雖然驚訝於身旁的鏡之牆裂了大塊，不再是封閉的空間，柳信然卻也毫不在意。他赤紅著雙眼，尚能自由活動的兩隻觸手不留情地瞄準蔚可可席捲過去。

蔚可可的俏臉蒼白得嚇人，她握著弓的手指都在微微發抖，那是耗用過多力氣的證明。可即使如此，她還是咬著唇，又一支光箭隨著她的意念成形。

她不能退縮，她的身後還有牛郎先生和織女大人！

但蔚可可萬萬沒料到的是，她的眼角一瞥，捕捉到的竟是鏡中小女孩的身周鑽冒出多抹黑影。

黑影在轉眼間化成人形，從四面八方將織女圍堵於中央。

無法逃脫的織女掩不住驚惶，只能抱頭蹲下尖叫。

「織女！」目睹此景的牛郎肝膽俱裂，無法再作他想，他的掌心驀然憑空凝出一柄金屬製的銀色小鎚。

「牛郎先生！你的身體會撐不下去的！」乍見那把銀鎚，蔚可可立刻反應過來那是什麼。她內心大駭，她想要將箭頭轉向、想要救出織女並阻止牛郎，可是已將逼至眼前的觸手卻不容許她如此做。

蔚可可只能對著前方射出了箭。

牛郎高舉銀鎚就要義無反顧地揮下。

「牛郎先生！」蔚可可尖叫。

就在千鈞一髮之際，一束迅烈的碧光快如雷電地自破裂的洞外疾射而來，它的來勢太凶、太猛，完完全全教人措手不及。

柳信然甚至什麼都還沒看清楚，便感受到肩胛爆開了一股劇痛。碧綠光束在他的肩膀貫穿了一個大洞，帶出大量血花，隨即不見停滯地繼續飛快向前。

蔚可可大睜著眼，看著那束碧光掠過她眼前，最後是在牛郎揮下銀鎚之前，猛烈無比地擊中了玻璃鏡面。

那竟是一把烙著碧紋的鋒銳長劍！

一瞬間，數也數不清的裂痕以劍尖爲中心，以肉眼難以追上的速度，一口氣往四周瘋狂蔓延，緊接著是劇烈的碎裂聲接連響起。

那些聲音太過密集，乍聽之下宛若下了一場暴雨。

嘩啦！匡啷！大大小小的玻璃碎片從上方墜下，從兩側坍下。

一座偌大的鏡子迷宮，短短幾秒內就坍了三分之一。炫亮燦爛的燈光照在滿地的玻璃碎片上，反射出更加絢麗的光。

而在場陷的鏡子迷宮中，一名原先不存在的黑髮小女孩怔怔地坐在碎片上，潔白的小臉上留著未褪的驚悸，彷彿一時之間不知道發生了何事，亦不知道自己爲何會出現在此處。

「織女……織女！」牛郎的眼中只剩下那抹嬌小的身影。無暇去思考是誰在危急時救助他們，他三步併作兩步地飛奔向脫離鏡中囚禁的妻子，「織女！」

織女還來不及回過神，就被一雙強健的臂膀緊緊抱住，如同再也不願鬆開手。

織女大大地震了一下，那份傳遞至身上的熱度令她拉回神智，她反手環抱住牛郎。

「夫君、夫君，妾身……」織女閉上眼，喃喃地說，「妾身已經……」最後四個字隨著織女將臉埋入牛郎的胸膛內，被布料吸收進去，連牛郎也沒聽清楚。

但是牛郎一點也不在意，他緊抱著織女，低頭親吻她的髮絲，像是抱著終於失而復得的珍寶。

「太好了，還好有趕上……」也坐在一地碎片中的蔚可可鬆口氣，欣羨地望著這一幕，手中還抓著一小瓶礦泉水。再仔細一看，就會發現不單是她的身周，包括牛郎和織女身邊，都有一層薄薄的水環繞著。

就是這層臨時以礦泉水架出的水之結界，成功地保護了他們三人，避開那些玻璃碎片的扎刺。

一臉欣羨地望著牛郎織女的蔚可可，一時忘記除了他們三人之外，柳信然也還在場。等到她發現柳信然拔開釘住他觸手的三支光箭，猛然朝她襲擊過來時，要做出任何閃避皆已來不及。

「哥！」蔚可可反射性閉眼尖叫，所以她沒看見這次是一道白痕凌空揮斬下來，不偏不倚地就斬在柳信然伸出的五隻觸手上。

柳信然只覺眼前有道熾烈白光閃過，逼使他不由得閉上了眼。等到他再張開眼時，他看見地面散落著五根猶在蠕動的長條物體，他像是一時反應不過來，直到他背後傳來火燒般的疼痛。

柳信然張大嘴，和身上的瘴一同嘶吼出聲。

「什麼？什麼？」蔚可可嚇得睜開眼，沒想到馬上就瞧見直立在自己身前的熟悉身影。

白髮少年手持鋒利白針，氣勢威凜，筆挺的背脊令人想到新開鋒的刀刃。

第十二針

「宮……」蔚可可的眼越睜越大，「宮一刻!?」

「唷。」一刻回過頭，眉毛挑高，「妳看起來做得比老子還好，一口氣將牛郎和織女那乾扁小丫頭都找回來了。」

「一刻，妾身才不是什麼乾扁小丫頭！」原先還將臉埋在牛郎胸膛內的織女猛地抬起頭，黑眸忿忿，「妾身才不乾也……」

織女頓了一下，像是萬般不情願，彆扭地說：「只是現在，妾身只是現在有一點點點扁而已，只有一點點點而已。總之，不准再批評妾身的身材！妾身要知道是發生什麼事了？爲什麼夫君、妾身還有可可會在這裡？吾等不是理應在餐廳？」

「相信我，我比妳還想知道爲什麼你們會跑到這裡來？不過眼下，我更想知道的是……」一刻握緊白針，回過頭，眸中戾光四溢，雙眸尖銳地盯住正抓起地面觸手，往肚腹上的人臉口中塞進的怪物，「那醜得要死的傢伙他媽的是哪來的！」

「那是……噫噁！他在做什麼？」見到那張大嘴津津有味地將觸手殘塊一根根吞下肚，蔚可可反胃地摀住嘴。

「顯然他在吃自己身體的一部分。而更顯然的是，那位應該是你們班的實習老師，可可。」另一道淡然的少年聲音，伴隨著玻璃被踩碎的細碎聲響響起。

屬於蔚商白的挺拔身影，從另一個方向出現在蔚可可的視野內。

「哥！」蔚可可忘記眼前上演的嚇人景象，她又驚又喜地撲了過去，抱住兄長的另一邊手臂，「哥，眞的是你！你被宮一刻找出來了？你是被藏在哪裡？剛剛的那一劍果然是你？天啊天啊，眞是太好了，沒想到宮一刻能找到你。我還很擔心你被抓去，萬一還說話惹怒抓你的那個人該怎麼辦？哥，你有時候才是眞正火上加油的天……呃，哥你的眼神有點可怕耶。」

「如果妳閉上嘴巴表達欣喜，我相信我的情況會比較好。」蔚商白說，一把將巴在自己臂膀上的兩隻手拉開，將蔚可可推到身後去，由他和一刻並肩擋在前方。

「妳哥是在鬼屋那被我找到的。不對，應該是說靠小鬼找到的。」一刻舉起一隻手，手臂上立即浮現銀白虛影，下一秒又隱沒，那正是已經回到他體內的理華，「喂喂，所以這醜不拉嘰的傢伙是你們班的實習老……慢著。」

一刻像是驀然想到什麼般愣了愣，他迅速回頭看向蔚可可，再望向將五隻觸手都吞吃殆盡、背後又重新生出五隻觸手的怪異身影。

「……蔚可可，我和妳同班對吧？」一刻的臉色開始變得難看，「幹幹幹！難道說這傢伙——」

「是柳信然！」蔚可可握緊拳頭，用盡力氣地大叫出聲，「那隻瘴是柳信然！他還是那個一直跟蹤我的跟蹤狂！」

當「跟蹤狂」三個字一出現，在場的所有人都愣住了，誰也沒想到如今幾乎已不成人樣、僅剩臉孔還維持大半輪廓的柳信然，竟然就是那名連日騷擾蔚可可的跟蹤狂！

「怎麼……可能……」織女滑出牛郎的懷抱，她不敢置信地向前走了幾步。她搖搖頭，「那名柳老師是跟蹤狂？可妾身還記得，當日那人的身高明明和一刻差不多……而且妾身今天根本就不曾瞧見他胸口有——」

織女倏然抽了一口氣，她瞪圓眼睛，驚悟到自己究竟是疏漏了什麼。

唯有在兩種情況下看不見欲線，一是欲線眞的未鑽冒出來；二是那人早已被瘴寄附——原來柳信然早在誰都不知道的時候，就已經遭到瘴的呑噬，成了瘴的宿主！

一旦想通這點，織女頓時也明白自己那天所見的身形是怎麼回事。

對瘴而言，想要改變身高、混淆視聽，根本就不是什麼難事。

所以他們打從一開始，就被錯誤的訊息給誤導了！

那廂織女抽了一口氣，這廂一刻則是臉色驟然鐵青。

一刻捏緊白針，不敢相信自己居然讓蔚可可和那名一直以她為目標的跟蹤狂獨處。

「柳信然……」他咬牙切齒地擠出聲音，雙眼凶光大熾，「你這個該去死上一千次的王八蛋！蘇染他們是不是也是被你弄走的？把他們還給我——」

話聲還未落下，一刻的身影就已疾速衝出。

白針刺破空氣，絲毫不留情地直取柳信然的要害。

面對此番凌厲的攻擊，柳信然身後的五隻觸手全數張牙舞爪地竄出，他的雙眼更是閃動猩紅的不祥光芒。

「宮一刻、宮一刻、宮一刻。」柳信然的臉孔甚至開始崩融，連最後一絲的人樣也逐漸消失，成了貨眞價實的怪物，「可可是我的！像你這種配不上可可的垃圾，連存在都不該存在！」

「放你媽的屁！對女人使出見不得人手段的傢伙，才是眞正的垃圾！」一刻敏捷閃避那些朝他而來的觸手，他避開一隻又一隻，旋即白針側斬，飛快向下拉出一道白痕。

只聽見「噗滋」一聲，一隻醜陋粗大的觸手就這麼分成了兩截。

不待其中一截落地，一刻一腳又重重踢起，將之踢出戰圈外，不讓對方有機會再次吃進肚子，進行第二輪的再生。

「還有蔚可可那個吵死人的丫頭，送我我都不要！」

「什麼——宮一刻你後面爲什麼要加那句話！過分！超級過——呀！爲什麼還要將那種噁心的東西踢過來啦！」見到那隻被一刻踢出的觸手竟是往自己這方向飛來，蔚可可從氣急敗壞頓時變成了慘叫連連。

在觸手墜地的刹那間，她嚇得摀住了臉，反射性地一腳使勁踩下。

又是「噗滋」一聲，本來尚在抽搐的觸手當場被踩得稀巴爛。

目睹此景的一刻和柳信然都是一怔，顯然沒想到蔚可可出腳如此之重。

蔚商白沉默地看著叫得比誰都慘、出腳卻又比誰都狠的妹妹，他說道：「宮一刻，明智的決定。」

還沒等蔚可可反應過來自己的兄長說了比誰都還失禮的話，蔚商白就又將她往後一推。

「守好織女大人他們，不准隨意插手。」扔下這句話，蔚商白右手一伸，堆疊在旁的鏡子碎片底下瞬間有碧光衝出，一晃眼便飛竄至他掌間，化作烙有碧紋的一把長劍。

手提雙劍，蔚商白頭也不回地加入戰局。

見兄長和一刻與全然變成怪物的柳信然展開纏鬥，蔚可可看得心驚膽跳，她也想奔上前去援助，但又掛心著牛郎與織女，蔚商白的警告更是言猶在耳。

「可可，妳就過去幫一刻他們。」織女一眼看穿了蔚可可的想法，她沉穩地說道：「妾身和夫君不會有事的。」

「我……不行，不行！我要保護好織女大人你們！」蔚可可用力地搖搖頭，可愛的臉蛋一凜，眼中盡是堅毅神色。

她手裡抓著弓，箭在弦上，準備一有任何不對勁便要發動攻擊。

「蔚姑娘，我會保護好織女的。」牛郎也說。

「那更不行！」殊不知此話卻讓蔚可可差點跳起，她比剛才還要激烈地拒絕，「牛郎先生，你不能再用雷……！」

思及這是不能向織女透露的祕密，蔚可可猛然閉起嘴巴。

「什麼？可可，妳說了什麼？」沒聽清楚的織女納悶地仰高小臉，只是得到的是蔚可可的猛烈搖頭，她又眨巴地望向牛郎，「夫君，你有聽見嗎？哪哪，告訴妾身嘛。」

「……不，我沒聽清楚呢。」牛郎蹲下身子，對著織女溫柔地一笑，將那具嬌小的身軀攬入懷裡。

蔚可可見狀鬆了一口氣，心裡暗罵自己怎麼老是藏不住話，萬一讓織女大人知道牛郎先生的背其實傷痕累累，只會令她愈發擔心。

蔚可可急忙又回過頭觀戰。

在一刻與蔚商白的合作之下，柳信然被壓制得處於下風。他的五隻觸手如今全被斬斷，那些殘肢都被踢到他碰觸不到的地方。

可是，蔚可可不知道自己為什麼竟然是越看越不安。很快地，她便驚覺自己的不安是源自於何處。

明明屈居於下風，可是柳信然身上的那張臉——卻是露出了不懷好意的獰笑！

為什麼？為什麼那隻瘴在笑？他想做什麼？還是——他已經做了什麼？

蔚可可的目光倏然凝住，她變了臉色，倒抽一口冷氣。

遊樂廣場的地面上，不知何時已被柳信然身上不斷滴下的黏稠黑暗給覆上大半，此刻那地面看起來就像一灘不祥的黑色沼澤。

「部下三號，留心地面！」同樣也注意到的織女心急地大叫出聲。

但是這番提醒終究慢了一步，一刻與蔚商白兩人已落足在地。

當這兩名少年發現自己的雙腳竟是往下一沉，而不是踩在堅硬地面的時候，想要再重新拔起躍高，卻驚覺力不從心。

吞沒他們雙足的黑暗，就像黏性極強又沉重的漿糊，迫使他們動彈不得。

「哈哈哈……哈哈哈哈哈！我看你們兩個還能怎麼逃！」柳信然得意地大笑。

「吃掉神使！讓我等將這兩個不知天高地厚的愚蠢神使給吃掉吧！」柳信然身上的人臉興奮咆哮。

鋪展在地面的黑暗剎那間自邊緣濺高，宛若一張大網被一隻無形的大手收拉起。

「哥！宮一刻！」

「部下三號！」

「一刻！」

蔚可可和織女、牛郎駭然。

眼看黑暗越拉越高、越收越窄，就要將中央的兩名少年包覆其中——

「暴走過頭可不行，柳老師。」突然間，有人這麼說著。

黑暗在瞬間停住了，緊接著居然縮了回去，又像一片泥沼般攤展開。

「我們說好的吧？蔚可可歸你，其他人都得歸我處理。」伴隨著一抹人影走近，那聲音也愈發地清晰。

在無數雙眼睛愕然地注視下，一名少年從旋轉木馬後走了出來。他戴著無框眼鏡，眉宇間散發著三分傲氣，嘴角則透著七分慵懶。

吳亦凱雙手斜插在口袋，他聳聳肩說道：「別忘了是誰幫你的？你要是違反約定，那可就是——絕對不能原諒的事了。」

蔚可可以爲自己眼花了，否則她怎會看見吳亦凱出現在這裡。

不可能、不可能……因爲吳亦凱不是早就被後山那朵怪花嚇得暈死過去，而被他們連同他的兩名同伴一塊扔在餐廳裡面了嗎？爲什麼他現在會出現在這裡？又爲什麼……

他看起來簡直就像和柳信然是一夥的！

這廂蔚可可呆若木雞，另一廂見到吳亦凱的一刻同樣深感震驚，但是他的反應終究比蔚可可來得快，在感到驚愕的下一秒，他立即抓住這個空檔。

「理華！」

一條銀白小蛇以迅雷不及掩耳地速度自一刻的手臂竄出，眨眼間化作粗大水流，一口氣向下直衝撞黑暗。

宛如泥沼的黏稠黑暗當下被逼退出了一段空間來。

沒有錯過這個絕佳機會，一刻馬上扯拽住蔚商白，一個縱身脫離出那片黑暗的束縛。

待一落地，一刻迅速甩出凌厲的逼問：「你又是什麼東西！」

「宮一刻，你還認不出他嗎？」蔚可可像是不敢相信地拉高聲音，「他是吳亦凱！就是之前被我們扔在餐廳……」

「我記得他是誰。我問的是，他是什麼『東西』？」一刻打斷了蔚可可的話，一雙眼瞇細，凶戾的視線直直地鎖定住態度一派悠閒的眼鏡少年。

先前被嚇暈的傢伙突然出現在這裡，看到那隻嚇人的瘴也不覺得害怕，還一副像是彼此是合作同伴的語氣……

「你要是違反約定，那可就是——絕對不能原諒的事了。」

約定？見鬼了，他們之間到底還有什麼狗屁約定？吳亦凱到底是什麼人？

「他是這次事件的幕後黑手嗎？」蔚商白不清楚在他失去意識時，一刻和他的妹妹與吳亦凱之間曾發生過什麼事，但是既然對方擺明了是敵人，那就毋須顧忌太多，更不用考慮手下留情的事了。

於是在向一刻提出問題的同時，蔚商白也不客氣地將劍尖直指吳亦凱的方向，周身散發著冰冷凌厲的氣勢。

「幹！別問我……我才想知道爲什麼沒事會冒出那傢伙？」一刻握緊著白針，語氣暴躁地說。

「眞是奇怪……」在牛郎的陪同下，織女也走到一刻他們身邊，稚嫩的小臉閃動一絲困惑，「妾身感覺不出那人有何異常的氣息，他非妖非怪，明明就只是名人類。」

「只有『人類』是最不可能的選項吧？」一刻毫不猶豫地否定這個猜測，他回頭厲視著吳亦凱，「快說！你他媽的是什麼東西！」

「我？我不就是吳亦凱？」吳亦凱雙手依然斜插口袋，神色自若地站在模樣駭人的柳信然身旁，嘴角勾著慵懶的笑，「倒是你，宮一刻，我眞的眞的相當佩服你呢。在沒有任何籌碼的情況下，你是憑什麼覺得你有本事對我叫囂呢？啊，還是說——」

吳亦凱抽出一隻手，漫不經心地以小指挖挖耳朵，再睨了一刻等人一眼。

「會吠的狗不咬人？」

「吳亦凱！」最先暴怒的反而是蔚可可。

這名甜美可人的女孩，當下就要忍不住滿腔怒火地衝出去，卻被兩隻手臂拉住。

「哥！宮一刻！」蔚可可又氣又急。

「妳不會當他才是瘋狗在吠嗎？」一刻一把拉回蔚可可，用比吳亦凱還要傲慢的態度冷視回去，「用不著拐彎抹角，有話快說、有屁快放，別告訴老子你連放屁都不會。」

「我是不明白你又有什麼本事，但有件事卻是無庸置疑，和一個只會騷擾他人妹妹的垃圾跟蹤狂混在一起的傢伙……」蔚商白看著柳信然和吳亦凱，他輕蔑冷笑，「一樣都不過是個爛貨而已。」

「跟蹤狂？你說誰是跟蹤狂……誰是跟蹤狂！」柳信然被這番言語大大惹怒，頓時不顧吳亦凱先前的警告，再也按捺不住地想要採取攻擊行動，身下的黑暗更像是感受到他的情緒而劇烈地起伏，「你懂什麼？我和可可之間是相愛的！就算你是可可的兄長，也不能阻止我們在一起！」

「才沒有相愛！絕對沒有這種事！」蔚可可憤怒地揮動手中彎弓，彷彿巴不得能揮打在對方身上。

「柳老師。」吳亦凱的一句話，就制止了柳信然的行爲，「你要是再隨意亂來，我會當你違背約定。到時候，蔚可可就不會歸——！」

吳亦凱的句子忽然中斷，他頭一偏，脖子稍微向後，飛快伸出的右手及時抓住一支凌空飛來的碧綠光箭。

像是沒有意識到箭頭離他的下頷只有幾寸，他抓著箭，慢慢地看了回去，然後對著射出箭的鬈髮女孩露出一抹笑。

「嘿，這樣可真危險。」吳亦凱隨手將箭一扔，慢條斯理地說，「通常不是應該要讓人好好地說完話嗎？還是說，你們已經等不及了？如果是這樣，那麼我也不再吊你們胃口了。」

吳亦凱打出了一個響指。

當這聲清脆的聲音響起時，遊樂廣場上除了原先一直繚繞不斷的歡快樂聲外，還多了一個奇異的聲音。

這聲音又沉又響，伴隨而來的居然是地面的震動。

理應是堅硬的水泥地面，逐漸有多處開始隆高起，像是有什麼東西要自底下鑽冒出來。

「宮一刻，這是……」蔚可可緊張不已地抓住一刻的袖角，用力扯了扯，想到在後山時碰過的情況，「該不會是那個？後山的那個？」

「妳問我我怎麼可能會……織女、牛郎你們也快退！」一刻猛然暴喝，在地底下衝出多個碩大物體的時候，迅速地向後躍退，避開了直接受到衝擊的危機。

從地面下鑽出的是無數粗大的植物莖幹，它們像是藤蔓般交纏在一起，不停地直往上空長，越長越高，馬上就遮住了大半燦爛的燈光。甚至有的正好是從遊樂器材的地基下方鑽出，巨大的力量頓時撞翻那些機械。

可以看到旋轉木馬東倒西歪地倒在地面上；雲霄飛車斷成了好幾截，軌道有的垮墜了下來，砸出嚇人的聲響，有的則掛在高粗的莖幹上；就連摩天輪也搖搖晃晃的，上頭的纜車似乎隨時會砸下來。

只不過是一會兒的時間，遊樂廣場就被破壞得面目全非，林立的深綠莖幹乍看之下如同牢籠的鐵條。

一刻等人及時退到安全範圍，才沒有遭受波及。然而看見這一幕，他們也不免感到愕然。緊接著，所有人又都注意到在那些深綠莖幹的底部，赫然連著一條又一條的漆黑長線。那些長線不單連著莖幹底部，還沿著地面四處蔓延出去，宛若無數脈絡遍布其上。

猛一看去，地面就像佔地廣大的蛛網。

「這是……居然是……」織女難以置信地摀著嘴，狠狠地倒抽一口冷氣，小臉刷白，「夫君，這些分明是……」

牛郎按著織女的肩膀，俊顏緊繃著。

「是什麼？那些線見鬼的是什麼？」一刻急躁地低吼，「別說那些都是該死的欲線！」

「……你沒說錯，一刻。」牛郎開口了，神情沉重嚴肅。

一刻呆住，他瞪著牛郎，再看向織女。他剛聽見什麼？那些線……全部都是……

「不、不可能啊！」蔚可可震驚地失聲喊道：「爲什麼會有數量這麼驚人的欲線？這裡不是只有柳信然和吳亦凱兩人？柳信然也早就變成瘴了，吳亦凱的欲線更是……」

蔚可可驀然沒了聲音，她怔怔地望著吳亦凱的胸口。在那名少年身上，屬於他的欲線還垂掛在那裡，沒有碰到地。

吳亦凱的欲線還在，那麼他們眼前所看到的這些欲線……又是屬於誰的？

「我從頭到尾可沒說這些欲線是我的。」吳亦凱佇立在莖幹與莖幹之間，氣定神閒地一攤雙手，「這些，全都是銀河遊樂園的欲線呢。」

此話一出，如同驚雷砸下，誰也沒想到會聽見此種荒誕的答案。

銀河遊樂園的……欲線？遊樂園並非生物，又怎麼可能會有欲線？

「休在那裡胡說八道。」蔚商白厲聲說，目光堅冷，「你是想告訴我們這座遊樂園是活的嗎？豈有如此荒謬的事！」

「不對，是有可能……阿白，這有可能……」織女發出如呻吟般的聲音。

蔚商白、蔚可可和一刻皆是一驚，他們不敢相信地看著說出這話的織女。

「『物』也會有心。」外貌年幼的神明搖著頭，喃喃說，「一旦經過長久歲月，會漸漸地有意識、有心，甚至有執念……執念加深，便是爲欲望。」

「但，我們不懂的是，如此數量繁多的欲線，爲何尚未引來其他的瘴？」牛郎輕聲說，

「除非、除非，有什麼存在扼阻了瑋的靠近？」

清脆的鼓掌聲無預警響起，彷彿沒有見到那些射向自己的尖銳視線。吳亦凱拍著手，向前踏出一步。

「啊啊，眞是厲害的推理。」吳亦凱像是敬佩地嘆道：「爲了表示敬意，我來說一個故事吧，關於一個爲愛痴迷的男人的故事。」

「有個男人愛上了一個女孩，很愛很愛，愛到不知不覺被瑋吞噬，和瑋成爲一體。爲設法加深和女孩彼此間的聯繫，他從學生那裡偶然得知了愛情符的存在，還知道了愛情符原來最初是來自銀河遊樂園。他深信假使前往愛情符的發源地，那麼一定能讓他和心愛女孩的感情更爲堅固不摧，於是他策劃了一次班遊，他將會在銀河遊樂園完完全全獲得他心愛的女孩。」

「銀河遊樂園是多麼適合的一個地方，既是愛情符的發源地，還是他年幼時的王國，也不必擔心會有閒雜人等打擾，因爲他知道那裡早已停止營業。而就在班遊舉行之前，他碰上了那個人，那個人給了他一個更好的建議，建議他可以將除了他心愛女孩之外的那一大票學生，通通送給銀河遊樂園作爲禮物，如此遊樂園也將會盡一份心力作爲回報。」

「什麼意思？你那話他X的是什麼意思！」強忍著自骨子深處竄出的不安，一刻攢緊拳頭暴喝。

對白髮少年的逼問充耳不聞，吳亦凱歪了下頭，又說：「只不過男人沒想到的是，會聽見那名曾告訴他愛情符效力的學生，說出了關於愛情符的眞相。原來愛情符的傳說只是一場騙局，原來那名學生只是利用他們遊樂園停產的紀念品，來賺取金錢以及嘲笑他人的愛情。無法容忍自己的愛情被人如此輕侮，那名男人聽從那個人的話，決定採取了行動。」

「男人藏起了其他學生，他和他的遊樂園一起合作，他想要那名叫蔚可可的女孩，他的遊樂園想要有永遠不離開的遊客。」接著說下去的是另一道聲音。不知何時回復成人類外貌的柳信然微笑地說，一派文質彬彬。要不是他的肚腹間還留著那張猙獰大臉，誰也沒辦法想像他剛剛會是那恐怖的模樣。

但是看著恢復人形的柳信然，蔚可可只覺更加悚然，她的背脊發涼。她怎麼可能聽不出「男人」指的就是柳信然，「學生」則是指吳亦凱自己。

可是，爲什麼吳亦凱像是在說著別人的事？不對，他眞的是「吳亦凱」嗎？他口中的「那個人」究竟又是誰？還有，柳信然是怎麼聽見後山那番談話的？當時的他明明就在餐廳裡啊！

「可可，妳還不懂嗎？」吳亦凱傷腦筋地搖搖頭，「這是柳老師的遊樂園，他早就和遊樂園的執念一同共鳴了哪。現在的遊樂園可以說是他的手腳，隨著他的意念行動，當然也可以隨我的意念行動，畢竟我們是合作夥伴呢。」

「不對、不對！」織女驟然揚聲反駁，黑眸凜凜，「即便是瘴，也無法輕易地與不相關的執念產生共鳴！」

「所以我說過，這是『我的』遊樂園。」柳信然的眼瞳閃現紅芒，緊接著全數染成猩紅，「這座遊樂園的負責人名字是柳信彥——柳信彥是我的父親。」

就在最末兩字溢入空氣的刹那間，不管是毀壞的、還是未毀壞的，所有遊樂器材上的燈泡全數迸發出最熾亮、最炫目的光芒。隨即從機械上、從那些林立的莖幹上，竟是冒出一朵又一朵的碩大花朵。

那些花詭異駭人，長著漆黑的髮絲，花心中咧開血盆大口，露出漆黑利齒，細莖就像拉長的脖子似地蜿蜒生長。

「留下來。」一朵花說。

「留下來。」又一朵花說。

「永遠留在這裡，誰也不准走！」全部的花猛地齊聲尖叫，「留在銀河遊樂園——」

整座遊樂園瞬間像是要被這陣尖嘯給撼動一樣。

在七彩燈光輝映下，破碎的遊樂器材、面目可怖的花朵，以及那些林立如柵欄的粗大莖幹，一切的一切，都荒誕弔詭得不似眞實。

可是一刻等人誰也沒有多瞧那些花，或是閃爍個不停的七彩燈光一眼，他們的目光全都緊緊盯著巨大林立的深綠莖幹，眼眸大睜，瞳孔驚駭地收縮。

因爲那些莖幹上的表皮不知不覺剝落了，露出的赫然是一具又一具陷沒其中的身軀。

分明就是餐廳內那些失去蹤跡的學生！

而在其中一株莖幹上，被囚縛住的五人更是——

「蘇染……蘇冉……」一刻的拳頭捏得指甲都要在掌心刺出血來了。

「夏墨河……」蔚可可瞠大圓眸，茫然地搖搖頭，「還有尤里？」

「爲什麼連沒來參加班遊的他們也在……」蔚商白的眼中流洩驚疑。

牛郎也是高仰著頭，滿臉震驚，眸中映出的是一抹擁有狐耳狐尾的纖細身影。但在他喊出任何聲音之前，織女就已先驚叫出聲。

「左姑娘!?爲何連左姑娘也……」

「哎呀，你們看起來很吃驚呢，需要我解釋一下，是怎麼抓到這些蠢神使和那隻蠢狐狸的嗎？」吳亦凱推推眼鏡，佯裝體貼地說。

「不用。」一刻的聲音完全沒有起伏，他鬆開手指，下一秒，他的身形隨著驟然暴喝疾射而出，「老子直接滅了你，救回他們，讓你連解釋都不用了！」

「吳亦凱你這王八蛋，快把大家還來！」蔚可可立即和自己的兄長也衝了上去。

但她的氣力在之前畢竟消耗太多，察覺到這點的蔚商白反手飛快一拉拽，將蔚可可拋到空中，讓她得以在高處搭弓拉弦，碧綠光箭轉瞬成形。

「小染、阿冉！部下一號！部下二號！」見自己的神使成爲人質，織女也鎮靜不下來，顧不得如今只是孩童的樣貌，她也飛奔上前。

「織女！」牛郎猛然自後將那具嬌小身軀攔抱下來，他的手臂緊緊地箍著她的腰，宛若鋼鐵難以撼動，「妳不能過去！」

「快放開妾身！夫君，你快放開妾身！」織女心急如焚，拚命地想拉扯開丈夫的手臂，「那是妾身的部下……妾身的神使們有危險了！夫君！」

「讓我去救，我去幫一刻他們，妳留在這裡就好。」牛郎飛快地說，狹長的眼眸滲出懇求，「求妳留在這裡了，織女……」

牛郎嗓音中流洩出的脆弱讓織女一怔，她忘記要再掙扎。

見狀，牛郎低頭在織女額上留下一吻，他鬆開手臂，向著前方奔去。

織女無意識地撫摸上前額，覺得心臟的跳動聲忽地越來越大，那個聲音大若擂鼓……好像有什麼要破繭而出……

然後，有另一道聲音蓋過了一切響動。

織女幾乎是反射性地轉身仰起頭，她的雙眸大睜，眼中有什麼東西的陰影越放越大。

那道聲音在遊樂廣場中顯得如此突兀沉重，就像是有什麼斷裂開來。

聽見這聲音的一刻、蔚商白、蔚可可、牛郎也回過頭，他們神情駭恐，臉龐血色全無。

這瞬間，他們完全忘記自己正在戰圈中，眼中只剩下海盜船的支架傾倒，從中攔腰折斷，龐大的船身正朝著織女壓下的光景。

「織女！」

「織女大人！」

「織女！」

牛郎聽見自己發出撕心裂肺般的大叫，他的腦海一片空白，僅剩下自己妻子的名字。

織女、織女、織女、織女──他明明發誓再也不讓她受到任何傷害的！

「夫君！」織女驚駭地瞪著離自己越來越近的船身，陰影覆上了她的臉，她尖叫出聲。

「織女！」牛郎的手臂抱住那具嬌小的身軀，但卻再也已經來不及逃出陰影籠罩的範圍。

眼見龐然船身就要壓落，牛郎唯一想到的就是將自己的妻子護在懷裡，用背部作爲保護她的屏瘴。

「不要、不要！牛郎先生！織女大人！」

「織女大人！」

「停下！誰快讓它停下！」

在聲聲肝膽俱裂的吶喊中，柳信然卻是露出了欣喜的笑容。

他正要拍上吳亦凱的肩，示意機不可失，他們可以利用這機會將心神大亂的神使們一網打盡，卻沒料到吳亦凱竟是猛地揮開他的手，拔腿朝前方奔去。

「織女大人——」

一直都是從容不迫的眼鏡少年駭叫出聲，他的腳下瞬間衝湧出無數黑影。

「什——亦凱!?」在柳信然震驚的目光中，黑影用著超乎想像的速度，一口氣暴衝至海盜船下方，轉眼間就化作漆黑鎖鍊，縱橫交錯，不單是纏捆上巨大的船身，更是猛烈將之往另一個方向翻掀過去。

伴隨著巨大聲響，整片遊樂廣場都像是跟著重重震動了一下。

當那聲轟響靜止，廣場上的所有人似乎仍難以反應過來。

任憑牛郎緊抱自己，織女呆然地望著失去遮蔽物的夜空。

一刻等人怔怔地注視著地面上的牛郎、織女，像是無法相信眼前的現實。

牛郎和織女毫髮無傷。

遊樂廣場上是一片令人窒息般的死寂。

吳亦凱劇烈地喘著氣，無視柳信然驚愕不已的目光。

最先有所動作的人是一刻。

他深吸一口氣，捏緊拳頭，慢慢地轉過頭。

這名白髮少年看著吳亦凱，然後他一字一字地說：「你到底是什麼意思，吳亦凱？不，妳他媽的到底是什麼意思？喜鵲！」

在那聲猝然拔高的暴吼中，除了吳亦凱，所有人都呆愣住了，爲著他們所聽見的那兩個字——

喜鵲。

吳亦凱睜大眼睛，像是有些吃驚。接下來，他的臉上就一直凝著那吃驚的表情，他的身體忽然僵直不動，連眼睫也不再眨動，整個人像是凝固了般。

取代他的沉默的，是一道清脆的咯咯笑聲。

「啊啦，居然是你這白毛先看出來？這眞是太不可思議了哪。你的腦袋裝的不都是豆腐渣嗎？」銀鈴似的少女嗓音從高空落下。

廣場上的眾人只能反射性地抬起頭。他們看見在漆黑的夜色中，突地浮露出其餘的色彩。先是藍色的服飾，白瓷般的肌膚，烏黑的細細辮子，以及那像是要與黑夜融爲一體的鳥類翅膀。

身形與常人無異的細辮子少女彎起笑，轉了轉鑲在白瓷臉蛋上古靈精怪的眼睛。

猛地一顆煙花無預警在空中炸裂，絢爛的光芒映亮夜空一角，也映出少女的雙手十指間，赫然纏著細不可察的絲線，絲線末端直接連上下方吳亦凱的頸部、四肢上。

「我該說好久不見了嗎？各位愚蠢的神使。」喜鵲像是歌唱般地說著，「嘿，我的人偶操縱得挺不錯的，對吧？」

像是沒看見那一雙雙震驚、不敢置信的眼睛，喜鵲的咯笑聲越拔越高，最後變成甜蜜惡毒的大笑。

闇夜下，她的雙眼閃動著不祥的猩紅光芒。

《織女．黑暗的呢喃》完
卷七待續

是碰上大雨，接著只能睡餐廳地板，就連想洗個澡也得到餐廳後的山坡上洗，眞的是怎麼看怎麼慘烈啊……

但、是，這部分絕對不是虛構出來的。事實上，這是我自己以前畢旅的親身經歷……那次的體驗眞的教人永生難忘，現在回想起來，還是覺得當年的畫面彷若就在眼前XD

第六集的尾聲，魔化的喜鵲和牛郎、織女終於正式見到面了，接下來將會發展出怎樣的劇情？成爲人質的蘇染他們又會有什麼遭遇？

這裡當然要賣個關子，等看到第七集就會知道囉！

醉琉璃

國家圖書館出版品預行編目資料

織女.卷六，黑暗的呢喃 / 醉琉璃 著.
——初版. ——台北市：魔豆文化，2012.2
面；公分.
ISBN 978-986-5987-01-5（平裝）

857.7 100028341

fresh
FS019

織女 vol.6 黑暗的呢喃

作者 / 醉琉璃
插畫 / 夜風　　封面設計 / 克里斯
出版社 / 魔豆文化有限公司
地址◎ 台北市103赤峰街41巷7號1樓
電話◎（02）25585438　傳真◎（02）25585439
部落格◎ gaeabooks.pixnet.net/blog
臉書◎ www.facebook.com/Gaeabooks
電子信箱◎ gaea@gaeabooks.com.tw
投稿信箱◎ editor@gaeabooks.com.tw
郵撥帳號◎ 19769541　戶名：蓋亞文化有限公司
發行 / 蓋亞文化有限公司
法律顧問 / 宇達經貿法律事務所
總經銷 / 聯合發行股份有限公司
地址◎ 新北市新店區寶橋路二三五巷六弄六號二樓
電話◎（02）29178022　傳真◎（02）29156275
港澳地區 / 一代匯集
地址◎ 九龍旺角塘尾道64號龍駒企業大廈10樓B&D室
電話◎（852）2783-8102　傳真◎（852）2396-0050
初版五刷 / 2016年12月
定價 / 新台幣 240 元
Printed in Taiwan

ISBN / 978-986-5987-01-5

FS019

織女

vol.6 黑暗的呢喃

魔豆文化　讀者迴響

感謝您在茫茫書海中選擇了魔豆，您的支持是我們最大的動力。
不要缺席喔，讓我們一起乘著夢想的羽翼，穿越時空遨遊天地！

姓名：　性別：□男□女　出生日期：　年　月　日
聯絡電話：　手機：
學歷：□小學□國中□高中□大學□研究所　職業：
E-mail：　（請正確填寫）
通訊地址：□□□
本書購自：　縣市　書店
何處得知本書消息：□逛書店□親友推薦□DM廣告□網路□雜誌報導
是否購買過魔豆其他書籍：□是，書名：　□否，首次購買
購買本書的動機是：□封面很吸引人□書名取得很讚□喜歡作者□價格便宜 □其他
是否參加過魔豆所舉辦的活動： □有，參加過　場　□無，因為
喜歡出版社製作什麼樣的贈品： □書卡□文具用品□衣服□作者簽名□海報□無所謂□其他：
您對本書的意見： ◎內容／□滿意□尚可□待改進　◎編輯／□滿意□尚可□待改進 ◎封面設計／□滿意□尚可□待改進　◎定價／□滿意□尚可□待改進
推薦好友，讓他們一起分享出版訊息，享有購書優惠 1.姓名：　e-mail： 2.姓名：　e-mail：
其他建議：

◎請沿虛線剪開、對摺、裝訂後寄出

◎請沿虛線剪開、對摺、裝訂後寄出

廣告回信　郵資免付
台北郵局登記證
台北廣字第675號

魔豆文化有限公司　收

103 台北市赤峰街41巷7號1樓

魔豆

魔豆